KB103116

서른부터 다가온
반야심경의
행복

그림 정윤경

경원대학교 조소과 졸업. 영국 킹스턴대학교 대학원에서 일러스트레이션을 전공했다. 《길 끝 나는 곳에 길이 있다》, 《법정스님 인생응원가》, 《스님 바랑 속의 동화》, 《부처님 인생응원가》, 《굿바이 붓다》, 《굿모닝 관세음보살》의 삽화를 그렸고, 그림동화 《마음을 담는 그릇》, 《바보 동자》 등을 냈다. 현재 제주도 해녀를 소재로 한 그림동화를 작업 중이다.

서른부터 다가온
반야심경의 행복

초판 1쇄 인쇄 2023년 5월 10일
초판 1쇄 발행 2023년 5월 18일

지은이 | 정찬주
펴낸이 | 박찬근
펴낸곳 | (주)다연
주   소 | 경기도 고양시 덕양구 삼원로 73 한일원스타 1422호
전   화 | 031-811-6789
팩   스 | 0504-251-7259
이메일 | dayeonbook@naver.com
그린이 | 정윤경
표지디자인 | 강희연
본문디자인 | 디자인 [연;우]

ⓒ 글 정찬주, 그림 정윤경

ISBN 979-11-92556-11-6 (03810)

서른부터 다가온
반야심경의
행복

정찬주 지음

(주)다연
DAYEONBOOK

시詩처럼 만나는
반야심경 이야기

음력으로 초사흗날 초저녁이다. 소쩍새가 쌍봉사 뒷산 활엽수림에서 저녁예불 시간을 알리듯 소리치고 있다. 쌍봉사 하늘에는 관자재보살님의 눈썹 같은 초승달이 떠 있다. 이윽고 목탁소리가 초저녁의 적막을 뚫고 내가 사는 이불재까지 들려온다. 이불재는 협곡에 자리하고 있어 조그만 소리도 크게 공명하여 들리는 내 처소이다.

시간과 공간 속의 존재들이 서로가 무연한 것 같지 않다. 소쩍새가 저녁예불을 알렸고, 관자재보살님의 눈썹 같은 초승달이 잠시 떠 있었고, 법당으로 들어간 스님이 목탁을 치며 〈반야심경〉을 독경했을 법한 것이다. 초저녁은 내밀한 밤의 문을 열어주는 것 같다.

초저녁의 상념을 접고 초승달이 아직도 떠 있을까 하고 현관 너머로 나가보니 초승달이 진 자리 옆에 별이 하나 눈을 크게 뜨고 있다. 쌍봉사는 적막 속에 잠기어 더욱 절다워진 것 같고, 연못 위에 달아

놓은 초파일 연등들의 불빛이 이불재 소나무 사이로 부처님의 침묵처럼 언뜻언뜻 비친다.

이삼일 동안 읽어 왔던 〈서른부터 다가온 반야심경의 행복〉 원고를 오늘 늦은 오후 무렵에야 모두 덮었다. 칠팔 년 전 통도사 사보에 연재했던 '나만의 반야심경 행복'과 십여 년 전 불교 언론에 연재했던 '생활 속의 불교 이야기'란 원고를 마치 일기장을 꺼내보듯 쉬엄쉬엄 음미하며 읽었던 것이다.

원고가 일기장 같은 느낌이 든 이유는 〈반야심경〉을 학문적으로 해설한 것이 아니라 〈반야심경〉의 문장이나 단어가 내 현실적인 삶 속에서, 혹은 오래 된 기억 속에서 자유분방한 시어詩語처럼 곳곳에 들어 있기 때문이 아닐까 싶다. 그러니까 이 책은 〈반야심경〉의 해설서가 아니라 〈반야심경〉 에세이라고 해도 무방할 것 같다.

1부 '서른부터 다가온 반야심경의 행복'은 26개의 소제목으로 이루어졌는데, 모든 원고를 시詩처럼 행을 나눈 것은 나와 독자 상호 간에 사유와 감성을 교감하기 위해서 그랬다. 더 솔직하게 말하자면 내가 경험한 〈반야심경〉의 오의奧義나 영감을 독자에게 감성적으로 전해주고자 일부러 행을 나누었다.

2부 '행복한 마음새김 이야기'는 15개의 소제목으로 이루어졌는데, 1부의 바탕이 되는 내 경험이나 지식을 징검다리 삼아 쓴 고백적인 산문들이다. 때문에 2부의 일부 내용은 1부에서 시처럼 함축적으로 나탈 수도 있을 것이다. 비록 1부와 2부가 형식은 다른 것 같지만 내용 면에서는 일맥상통하고 있으므로 모두 다 읽고 나면 내가 말하고자 하는 주제가 더 선명해지리라고 믿는다.

제목이 왜 〈서른부터 다가온 반야심경의 행복〉이냐고 묻는 분들이 더러 있다. '서른부터'가 관형격처럼 붙은 이유는 이십대 초중반의 동국대학교 학생시절 불교학생회 동아리에서 〈반야심경〉을 처음 만났고, 실제로 〈반야심경〉이 나를 행복하게 해줄 경전이구나 하고 느꼈던 때는 서른 무렵이었기 때문이다. 그런데 〈반야심경〉은 삼십대, 사십대, 오십대, 육십대의 인생을 거쳐 오는 동안 차츰차츰 깊이가 다르게 다가왔고, 바로 그 점을 드러내기 위해 〈서른부터 다가온 반야심경의 행복〉이라고 제목을 편하게 정했을 뿐 특별한 의도나 별다른 뜻은 없다.

〈금강경〉이 아라한을 위해 설한 경전이라면 〈반야심경〉은 보살을 위해 설한 경전이라는 설법을 안국선원 수불 선원장스님으로부터 들은 적이 있다. 보살은커녕 아라한도 요원한 내가 〈반야심경〉을 가까이 놓고 틈틈이 보아왔다는 자체가 어쩌면 행운이었는지도 모르겠다. 인도의 유마거사처럼 그물에 걸리지 않는 자유인의 열쇠를〈반야심경〉의 공空과 무無자에서 찾았기 때문이다. '집착하지 않기'와 '놓아버리기'를 깨달았던 것이다.

여러분도 영혼의 백신 같은 〈반야심경〉을 옆에 놓고 어느 순간 홀연히 고통으로부터 행복으로 건너가는 이정표를 발견하기를 소망해 본다. 산 자에게는 업장을 소멸시켜주며, 영가에게는 병든 영혼을 치유한다고 내가 아는 스님 분들이 술회하고 있으니 여러분도 그러한 행복을 찾아 누리시기를 바란다. 베토벤의 장엄한 '환희의 노래' 교향곡 9번처럼 '아제아제 바라아제 바라승아제 모지 사바하.'가 구경 究竟에 다다른 깨달은 보살을 위한 헌사라는 것을 여러분도 알 수 있지 않을까 싶다.

이 책의 59쪽에 나오는 '나의 전생이야기'에 흥미를 느꼈다면 2부 196쪽을 보면 더 자세하고 나오고, 63쪽 사리불과 목련존자의 우정 이야기를 더 알고 싶다면 2부 288쪽을 보기 바란다. 이야기가 서로 중복된 까닭은 앞에서도 언급했지만 2부 원고들이 1부 〈서른부터 다가온 반야심경의 행복〉을 쓰는데 자료 역할을 했기 때문이다.

출판환경이 열악해진 상황에도 〈서른부터 다가온 반야심경의 행복〉이란 책을 출간해준 다연 출판사 향산香山 박은서 대표와 직원 여러분에게 깊은 감사를 드린다. 생각하는 그림으로 책을 격조 있게 돋보이게 해준 정윤경 일러스트레이터에게도 고마움을 표하고 싶다.

2023년 봄 이불재에서
벽록 정찬주

1부

서른부터 다가온 반야심경의 행복

1장

공_空이여, 피안의 나룻배여

<반야심경>이란 '어제의 내 삶'을
'오늘의 거듭나는 삶'으로 변화시키고
성장시키고 건네주는 나룻배가 아닐까.
나룻배가 내게 요구하는 것이 있다면
바로 이것이리라.
'오늘의 거듭나는 삶'이야말로
나룻배의 뱃삯이라는 생각이 든다.

내 안의 행복을
버리지 말라

팥죽은 삿된 것을 물리치는
벽사辟邪의 의미도 있지만 우리들의 집단무의식 속에
뿌리내린 그 근본은 '붉은 해'를 상징한다고 한다.
그래서 하늘의 자손天孫이라고 자부했던 우리 민족은
오래 전부터 팥죽을 즐겨 먹어 왔던 것 같다.
추운 동짓날에 먹는 뜨거운 팥죽이 으뜸이겠지만
초가을에 풋고추를 반찬 삼아 먹는 팥죽도 별미다.

내 산방인 이불재 마당 귀퉁이에서는
옥비녀처럼 생긴 순백의 옥잠화가 피고지고 있다.
선방 스님들의 공부기간인 하안거를 해제할 때마다
피는 꽃이라고 해서 '해탈꽃'이라고 부른다.

밤안개가 충만한 꼭두새벽마다 내밀한 향기를
귀로 듣게 하여[聞香] 나를 행복하게 했던 꽃이다.

선방 스님이 아니라 지금 이 순간의 나는
무엇으로부터 벗어났거나 무엇을 내려놓았는지 궁금하다.
그것이 바로 나만의 해탈이 아니겠는가.
나를 건네준 〈반야심경〉이라는 나룻배의 뱃삯이 아니겠는가.
해탈꽃을 피우지 못하는 '어제의 나'로 살아서야
내 삶이라는 것이 무슨 의미가 있겠는가.
타성에 젖은 삶은 '어쩔 수 없는 생존'이지
새순처럼 올라오는 '거듭 나는 삶'은 아니라는 생각이 든다.

〈반야심경〉이란 '어제의 내 삶'을 '오늘의 거듭나는 삶'으로
변화시키고 성장시키고 건네주는 나룻배가 아닐까.
나룻배가 내게 요구하는 것이 있다면 바로 이것이리라.
'오늘의 거듭나는 삶'이야말로 나를 건너가게 해준
나룻배의 뱃삯이라는 생각이 든다.
지금까지 '반야심경 나룻배'를 공짜로 염치없이 타고 다닌
헛걸음질만 한 내 삶을 통렬하게 참회하지 않을 수 없다.

최근에 나는 아래 절 스님들을 모시고

　　　　　　　　　　　서른부터 다가온 반야심경의 행복

아내가 쑨 팥죽을 스님들과 함께 먹은 적이 있다.
여름더위에 시달린 탓인지 밥맛도 떨어지고
아내가 팥죽을 제법 먹을 만하게 쑤어 스님들을 초대했다.
오후 내내 팥죽을 준비한 아내는
스님들에게 팥죽 맛이 좋다는 호평을 듣고 싶었던 듯하다.
내가 보기에도 아내가 쑨 팥죽은
체리와 같은 붉은 빛깔이 좋았고, 잣을 넣어 향기가 났다.
밀가루는 하루 전에 반죽하여 쫄깃쫄깃 했다.

그런데 강원도 서래굴 스님은 환희심 나게 맛있다고 하고,
아래 절의 한 스님은 덤덤하게 드시고 갔다.
내가 스님 접대용으로 두었다가 아껴서 우려마시는
부산에서 한약방을 하는 보살이 9년 간 숙성시키어 보낸
보이차를 내려주어도 반응은 팥죽을 드실 때처럼 무덤덤했다.
아내가 섭섭하여 내게 뭐라고 한 마디 했지만
나는 짐짓 귀 담아 들으려 하지 않았다.
대신, 아내의 말을 자르며 절에서 많이 듣던 소리를 했다.
"팥죽을 대접했으면 됐지
내가 잘 쑤었네, 못 쑤었네, 마음에 담아두지 마소.
스님들의 반응에도 매달리지 마소. 다 복감하는 일이오."
불가에서 자주 듣는 복감福減이란 복을 까먹는다는 말이다.

해탈꽃을 피우지 못하는 '어제의 나'로 살아서야
내 삶이라는 것이 무슨 의미가 있겠는가.
타성에 젖은 삶은 '어쩔 수 없는 생존'이지
새순처럼 올라오는 '거듭 나는 삶'은 아니라는 생각이 든다.

자신에게서 행복이 모래알처럼 빠져 나간다는 뜻이다.

복감한다는 말은 결국 집착한다는 말과 같다.

자기가 쑨 팥죽을 상대가 맛있게 먹었느니

안 먹었으니 하는 유무형의 상相에 집착함은

내 안의 행복을 버리는, 갈등을 불러들이는 행위인 것이다.

우리가 귀에 못이 박힐 정도로 들었던 〈금강경〉의 한 구절인

응무소주 이생기심應無所住以生其心, '집착 없이 마음을 내라'는

금싸라기 같은 부처님 말씀도 있지 않은가.

 복감의 반대말은 발복發福이다.

행복이 꽃처럼 뭉게뭉게 피어난다고 해서 발복이다.

아내가 오후 내내 스님들을 대접하기 위해

무심하게 팥죽을 쑨 자체는 발복하는 행위이다.

거기에는 팥죽을 준비하는 티 없는 마음만 있지 상은 없다.

그런데 한 생각 일으키어 분별하고 시비하고

무엇에 집착하면 그때부터는 복감이 되고 만다.

그렇다. 변화무쌍한 마음 중에서 갈등과 시비,

집착이 붙지 못하는 본래의 마음이 무심無心이다.

나를 고집하지 않는 마음이 남전선사의 평상심平常心이다.

인연을 거스르지 않고 받는 달마대사의 수연행隨緣行으로 살며

나를 내려놓고 무심으로 살 줄 알아야만 세상과 다투지 않으리.

나와 이웃이 한 몸이라고 깨달았던 인도의 유마거사,
집착의 뿌리인 자신의 전 재산을 호수에 버렸던 중국의 방거사,
시비와 분별을 훌훌 놓아버렸던 신라의 부설거사 같은 사람이
참으로 발복하고 살았던 행복한 자유인이 아니었을까 싶다.

서른부터 다가온 반야심경의 행복

관자재보살은
또 다른 '본래의 나'

반려견 '행운이'를 데리고 산책하는 시간이 좋다.

두루미 한 마리가 나는 저수지까지 오리 길을 다녀오면

등에 땀이 나지만 선득선득 불어오는 소슬바람이 식혀준다.

도반인 아내와 함께 하니 무소의 뿔처럼 오롯하다.

요즘 논에서는 벼가 익어가고 있다.

향기 향香자는 벼 화禾자와 날 일日자가 결합된 글자이다.

날마다 가을볕을 쬐면서 벼가 익으니 향기가 난다는 말이다.

벼 향기를 맡으면서 산책하는 것도 내게는 축복이다.

〈반야심경〉의 주인공인 관자재보살이야말로

발복을 온전하게 실천해온 보살이 아닐까 싶다.

영원한 행복을 의인화시킨 만고의 화신化身인 것이다.

옛 사람은 말했다. '사람들이 만일 관자재보살을 보고자 한다면
눈으로 보려 하지 말고, 귀로 들으려 하지 말아야 한다.
귀와 눈을 쓰지 않는다면 비로소 관자재보살을 알게 된다.'라고 했다.

나는 내 산방의 조그만 서재, 석양빛이 스미는 창호 밑에
중국에서 모셔 온 관세음보살님을 한 분 모시고 있다.
관세음보살님은 가족과 나를 지켜주는 수호신이기도 하다.

젊은 시절에는 관세음보살님에게 행복을 빌었지만
독립군처럼 글을 쓰는 나는 기도의 내용과 방식을 바꾸었다.
무엇을 맹세코 하겠으니 지켜봐주시라는 발원을 할 뿐이다.
절대적인 자유와 행복이 결코 밖에 있는 것이 아니라
내 속뜰에 역력하게 존재한다는 것을 자각했기 때문이다.
산방을 찾아오는 손님들과 나눌 수 있는 행복이
내 안에 마르지 않는 샘처럼 충만해 있음을 깨달았던 것이다.
그러니 내 기도는 행복이 가득한 본래마음으로 돌아가는
내 눈길을 안으로 돌리는 회광반조廻光返照나 다름없다.
눈이나 귀나 혀나 생각으로 참 행복이 얻어지는 것은 아니다.
감각과 물질이 주는 행복은 인연 따라 오가는 찰나일 뿐이다.
옛 사람은 말했다. '사람들이 만일 관자재보살을 보고자 한다면
눈으로 보려 하지 말고, 귀로 들으려 하지 말아야 한다.
귀와 눈을 쓰지 않는다면 비로소 관자재보살을 알게 된다.'라고 했다.
이는 〈금강경〉의 '만약 형상色으로 나를 보려 하거나
음성으로써 나를 찾는다면 이 사람은 삿된 길을 가는 것이니
능히 여래를 볼 수 없으리라.'라고 한 말씀과 같은 뜻이리라.

관자재보살과 관세음보살은 동의어이다.

그런데 나는 〈반야심경〉을 대학시절에 처음 읽을 때

관자재보살과 관세음보살이 서로 사촌인가 보다 하고 헷갈렸다.

대학 불교학생회에서 한 지도교수님의 법문을 들으면서

인도어 아발로키테슈바라 보디사트바Avalokitesvara bodhisattva를

당나라 현장법사는 〈반야심경〉에서 관자재보살로,

인도스님 구마라집은 〈법화경〉에서 관세음보살로

변역한 이후 두 가지 단어로 혼용되어 왔음을 알았다.

그래서 당나라 지혜륜智慧輪 법사는 두 가지 의미를 역출하여

자신이 번역한 〈반야심경〉에서 '관세음자재보살'이라고 했다.

관습상 우리들에게 '지혜'를 강조할 때는 '관자재보살'이 되고,

'대자대비'를 드러낼 때는 '관세음보살'이 된다는 것을

부인할 수 없고 불자라면 당연하게 받아들이고 있지만

'지혜'나 '대자대비'는 하나로 회통하는 것이니

지식의 집착이나 지나친 분별에 빠질 필요는 없다고 본다.

알렉산더 대왕이 동방원정을 한 이후

그리스 문화 영향을 받은 간다라 불상 중에는

곱슬머리에 콧수염을 기른 호남형의 관세음보살상이 있다.

카리스마가 느껴지는 힘 있는 아버지 모습이다.

서른부터 다가온 반야심경의 행복

그러나 중국에 있는 관세음보살상은 한결같이
무슨 일이든 다 들어줄 것 같은 자애로운 어머니 모습이다.

중국 당나라 때 부처를 찾으려고 집을 나섰던 양보楊補는
주막집 주인에게 신발을 거꾸로 신고 나와 맞아주는 어머니가
바로 그대의 부처요 관세음보살이라는 충고에 집으로 돌아온 뒤,
'부처는 집에 있다佛在家中'란 유명한 말을 남겼다지만
나 역시 어머니를 관세음보살님이라고 부르지 않을 수 없다.
나만이 아니라 세상의 모든 어머니가 다 마찬가지라고 본다.
서구인들에게도 어머니란 존재의 의미는 불변하다.
유대인들의 정신문화의 원천인 〈탈무드〉 구절에
'신은 모든 곳에 있을 수 없기에 어머니를 만들었다'고 하지 않은가.
유인대인들은 어머니를 신으로 보았던 것이다.
누가 관자재보살은 어디에 계시고 또 어떤 분이냐고 묻는다면,
나는 조주선사의 '부모미생전 본래면목父母未生前 本來面目'이란
화두를 깊이깊이 통찰하라고 권유하고 싶다.
'부모 몸을 빌려 태어나기 전의 본래면목은 무엇인가?' 하고
자기 내면을 징검다리 삼아 무심코 걷고 걷다 보면
행복의 화신인 관자재보살을 만나지 않을까 싶기 때문이다.
나라고 고집하는 현실존재로 살고 있는 나가 아닌,
'또 다른 본래의 나'가 관자재보살이 아닐까 싶은 것이다.

옥잠화는 지고 없지만 천지간에 옥잠화 향기는 여전하다.

인생 자체가 낙樂이 아니고 고(苦, 스트레스)라고 하지만

이만하면 살아 볼만한 향기로운 세상이 아닐까.

거친 비바람에 꽃이 피기도 하고, 지기도 하는 것이다.

광대무변한 우주의 전언 같은 세상의 향기란 느끼는 자의 몫이리라.

조견은 삼매다

텃밭에서 배추와 무들이
밤낮으로 몸을 불려가는 늦가을이다.
서리가 내린 날의 낙엽은 구르는 것조차 힘들어 보인다.
산중농부들은 무는 햇볕에 자라고
배추는 달빛이 키운다고 말한다.

28년 전에 후배 윤제림 시인과 동행하여 처음으로
부처님이 흘린 그림자를 좇아 인도를 여행한 적이 있다.
우리들이 흔히 하는 말로 성지순례였다.
인도 말로 '깃자꾸따gijjhakuta'라고 부르는
영취산靈鷲山에서 만났던 인도 경찰을 잊을 수가 없다.
그 무렵만 해도 영취산 계곡에 강도가 출몰하던 때였다.

요청하지도 않았는데 콧수염을 기른 그 경찰은

초행길이자 배낭여행 중인 우리를 안내했다.

혹시나 무엇을 바라고 그러는 줄 알고 경계했지만

그는 부처님이 〈법화경〉을 설하신 향실香室 터 초입의

아난존자 굴까지 우리를 순수하게 안내했다.

마침 산 정상에 독수리 몇 마리가 날고 있었는데

나는 영취산이 한자 뜻대로 독수리가 깃든 산임을 알았다.

그가 나에게 농담을 하여 놀라게 한 것은

향실 터 가는 도중이었다.

앞서가던 그가 갑자기 뒤돌아보며 내게 물었다.

"불교 신잡니까?"

"그렇습니다. 당신도 불교 신자입니까?"

"힌두교 신자입니다."

그가 웃으며 다시 말했다.

"나는 아침마다 붓다가 됩니다."

"무슨 뜻입니까?"

"아침마다 눈을 뜨니까요."

그제야 나는 붓다의 어원이 '눈을 뜬 이'임을 깨달았다.

초기경전인 〈수타니파타〉를 볼 때마다 '눈을 뜬 이'라는

서른부터 다가온 반야심경의 행복

구절에서 마음을 적시는 울림이 있었는데
왜 그랬는지 아! 하고 느꼈던 것이다. 2천6백여 년 전의
'눈을 뜬 이'라는 언어가 아직도 인도인들에게 '붓다'라는
단어로 살아 있다는 것이 경이로웠다.

그러고 보면 나는 아직도 눈을 뜨지 못한 장님이다.
눈을 뜨지 못한 채 코끼리의 어느 한 곳을 만지며
코끼리가 그렇게 생겼다고 얘기하는 당달봉사인 것이다.
시공을 초월해서 인과관계로 얽힌 현상을 관통하는
즉 완벽하게 통찰할 수 있어야만 '눈을 뜬 이'가 될 터이다.

단순하게 사물을 보는 눈肉眼이 아니라
'눈 속의 눈慧眼'을 가진 이가 된다는 말이다.
혜안이 법안法眼이 되고 불안佛眼이 되지 않을까.
관자재보살의 눈은 육안을 벗어난 눈일 터.
때로는 혜안이 되었다가 법안이 되고
때로는 불안이 되는 눈이 아닐까.

눈이란 이미지 때문인지도 모른다.
'행심바라밀다시 조견 오온개공'을 외면서
내 눈을 끄는 것은 '행심바라밀다시行深般若波羅密多時'나

'오온개공五蘊皆空'이 아닌 '비추어본다'라는 조건照見이다.

한 줄기 빛기둥 같은 조건이란 단어는 참으로 오묘하다.

비출 조照 자는 거울을 바로 연상케 한다.

거울은 모든 실상을 굴절 없이 있는 그대로 비춘다.

거울은 실상을 왜곡시키는 일은 없다. 성철스님이 법문한

'산은 산, 물은 물山是山 水是水'이다.

볼 견見 자는 현상만 보는 것이 아니라

본질까지 씨줄과 날줄로 통찰한다.

따라서 조견은 삼매와 의미가 같다는 생각이 든다.

깊은 산중에서 어느 선사와 문답을 한 적이 있다.

그때 나는 선사가 삼매란 말씀을 할 때

〈반야심경〉의 조견照見이란 말을 떠올렸던 것이다.

"지혜는 어떻게 얻어지는 것입니까?"

"삼매에서 지혜가 생깁니다. 삼매란 원효스님께서 정확하게

설명하신 것처럼 정사찰正思察, 일념을 놓치지 않고

바르게 생각하고 살펴보는 일입니다.

바른지 아닌지를 살펴본다는 것은 깨어 있는 일입니다.

깨어 있지 않으면서 집중하는 것은 진정한 삼매가 아닙니다.

그것은 몰입일 뿐입니다."

서른부터 다가온 반야심경의 행복

"삼매에 들면 '산 사람'이고 그렇지 않으면 '송장'입니다.
자신이 하는 모든 행위를 항상 깨어서 생각하고 살피며 산다면
산 사람이고, 생각하고 살피는 일을 놓치고 산다면 송장입니다."

"삼매는 어떻게 들어갑니까?"

"누구나 인생을 진지하게 궁구하면 삼매가 일어납니다.

꼭 출가하여 화두를 들고 참선해야만 일어나는 것이 아닙니다.

일반인도 어떤 문제를 일념으로 지니되 올바른 것인지 아닌지를

순간순간 놓치지 않고 살필 수 있다면 그것이 바로 삼매입니다."

"인생을 어떻게 살아야 합니까?"

"삼매에 들면 '산 사람'이고 그렇지 않으면 '송장'입니다.

자신이 하는 모든 행위를 항상 깨어서 생각하고 살피며 산다면

산 사람이고, 생각하고 살피는 일을 놓치고 산다면 송장입니다."

선사의 말씀을 바꾸어본다.

"조견에서 지혜가 생깁니다.

누구나 진지하게 궁구하면 조견이 일어납니다.

조견에 들면 '산 사람'이고 그렇지 않으면 '송장'입니다."

써늘한 소슬바람에 배추는 속이 실하게 차고

무는 바람결에 매운 냄새를 풍긴다.

된서리를 맞을수록 배추나 무의 잎들은 더욱 파래진다.

배추와 무들이 파랗게 파랗게 삼매에 든다.

우리도 마땅히 지심귀명례至心歸命禮 중인 배추나 무이듯

시련에 흔들리거나 꺾이지 말고 싸목싸목 극복해 건너가야 하리.

서른부터 다가온 반야심경의 행복

보살은 조견 중에
무엇을 보았을까?

두말 할 것도 없이 관자재보살은 '눈을 뜬 이'다.

눈을 뜨지 않고서 어찌 반야prajna,

'순수한 절대지혜'를 볼 수 있겠는가.

통찰이란 안팎을 투과해서 실상 그대로를

명명백백하게 보는 것이 아니겠는가.

'행심바라밀다시行深般若波羅密多時…….' 하고

중얼거리는 나는 '눈을 뜬 이'가 아니다.

과거를 보고, 현재를 보고, 미래를 보는

'역사적인 자아'를 보는 '눈을 뜬 이'가 아닌 것이다.

문득 소크라테스가 '너 자신을 알라'고 한 말이 떠오른다.

내가 어떤 사람인지 아는 것만도 무슨 공덕이 있을까?

내가 나 자신을 조금은 알게 됐으니까 말이다.

내가 참다운 실상과 지혜에 눈을 뜨지 못한

당달봉사라는 사실을 알고 함부로 나서지 않는 데만도

참으로 오랜 시간이 걸린 것 같다.

벌써 나는 칠순을 넘어선 늙은이가 되어 있다.

사십대 후반에야 서울생활을 청산하고 남도산중에 들어

산중농부처럼 23년째 있는 듯 없는 듯 살고 있으니 말이다.

관자재보살이 부럽고 거룩하다.

바라밀다는 피라미타paramita의 음역인데,

파라미parami는 '피안에 도달한'이라는 뜻이고,

타ta는 '상태'라는 뜻이다.

반야바라밀다를 의역하면 '지혜의 완성'이 된다.

또한 반야바라밀다 앞에 깊은(深; gambhira)이라고

수식한 것은 우리들이 헤아릴 수 없는 '눈을 뜬 이'의

깊이를 가늠할 수 없는 경지를 나타낸 말이 아닐까 싶다.

14살 때 통도사로 출가한 일타스님은

사후에 미국에서 태어나 명문학교를 졸업한 뒤

한국으로 와서 출가하겠다는 말씀을 하신 적이 있다.

또 극락암에 주석하셨던 경봉스님은

한 신도의 전생을 보시고 지장기도를 시켜

그 신도가 쌓아온 업장을 소멸시켜 주기도 했다.

이처럼 과거와 현재, 미래를 통찰하면서

행하는 자비행이 '행심반야바라밀다시'인 것이다.

관자재보살과 같은 조견삼매가 없다면

'행심반야바라밀다시'라고 할 수 없으리라.

우리들은 집중 혹은 몰입을 삼매라고 하지만

관자재보살의 조견삼매는 통찰이 틀림없다.

얕은 수준의 의식이 아닌 깊은 의식이 깨어 있기 때문이다.

수행이라는 의미도 결국에는 깊은 의식을 깨워

순일하게 향상을 지속한다는 뜻이 아닐까.

나는 깊은 의식이라고 말하고 있지만

어떤 이는 불성佛性이라고 할 것이고

또 어떤 이는 마음자리라고 할 것이고

또 어떤 이는 본래심이라고도 할 것이다.

그런가 하면 불학佛學을 공부하는 이는

무의식 저편에 있는 제8식(아뢰야식)이라고도 할 것이다.

나는 그것을 작가적인 관점에서 영감靈感이라고 부른다.

내 의지나 의식을 다 무장해제한 상태에서

아침에 눈을 떴을 때나 무심히 산책하다가 툭 떠오르는

영감이 내가 고민하던 문제를 해결해 줄 때가 많은 것이다.
한 달 내내 떠오르지 않던 〈이순신의 7년〉, 〈소설 무소유〉나
〈천강에 비친 달〉이란 소설제목이 금쪽같이 반짝 떠올랐고
〈시간이 없다〉는 중국 선종사찰 순례 중에 확신이 들었고
〈다산의 사랑〉은 인도 여행 중에 윤제림 시인 아우가 훈수했고
산길을 걷던 중에 막혔던 소설 줄거리나 문장이 솟구쳤다.

관자재보살이 반야바라밀다를 행할 때의 조견照見은 무엇일까?
보살이 조견삼매 중에 보았던 지혜는 무엇일까?
새삼스럽게 발견하고 말 것도 없는 문제이다.
조견 다음에 나오는 가르침이 바로 정답이니까.
오온개공五蘊皆空이 바로 그것이다.
오온, 즉 색수상행식色受想行識이 다 공하다는 것이다.
나라고 주장할 근거가 없다는 말이다.

오온개공의 깨달음은 삶의 분기점일 터
깨달음 전은 나라는 존재를 고집하며 사는 소아小我
자각하고 나서 물리적 변화가 오면 대아大我
탐진치를 여읜 아라한과를 증득하면 무아無我
깨쳐서 화학적 변화, 사고의 분자구조가 바뀌어버리면 보살菩薩

관자재보살이 반야바라밀다를 행할 때의 조견照見은 무엇일까?
보살이 조견삼매 중에 보았던 지혜는 무엇일까?
새삼스럽게 발견하고 말 것도 없는 문제이다.
조견 다음에 나오는 가르침이 바로 정답이니까.
오온개공五蘊皆空이 바로 그것이다.

그렇다. 〈반야심경〉은 보살이 본 지혜를 말하고 있음이 틀림없다.

새벽 4시. 범종소리가 어김없이 들려온다.

잠든 생명을 깨우는, 눈을 뜨게 하는 범종소리다.

푸른 새벽을 불러오는 범종의 자비로운 울림이다.

내 안의 잡티를 헹구어주는 소리가 분명하다.

범종도 보살처럼 자애롭게 자비행을 행하고 있다.

고통으로부터
행복 찾기

나는 현실의 고통에 대해서 둔한 편이다.

사업하는 후배나 친구들이 진퇴양란의 어려움을

호소해 오면 그제야 '아, 정말 살기가 힘든 모양이구나!' 하고

늘 한 박자 늦게 공감하고 위로한다.

삶이 고통인 것은 오늘의 일만은 아니다.

2천6백여 년 전에 사셨던 부처님도 삶을 고苦라고 하셨다.

불법을 한 마디로 줄인다면 '고통으로부터 행복 찾기'일 터.

십여 년 전에 광주 도심지의 어느 큰절에서

5개월 동안 신도와 일반인들에게 강의했는데,

그때 절 휴게소에서 어느 개척교회 목사와

다음과 같은 대화를 나눈 적이 있다.

젊은 목사는 불법에 대해서 궁금한 것이 많았다.

"불교가 무엇입니까?"

나는 신도들에게 들려주는 얘기를 똑같이 반복했다.

"나를 행복하게 하고, 남을 행복하게 하고,

더 나아가 새 한 마리, 나무 한 그루, 산토끼 한 마리,

풀 한 포기, 돌멩이 하나까지 행복하게 하는 것이 불교입니다.

불교를 바르게 알면 행복해질 수밖에 없습니다."

"기독교의 사랑과 같은 것 같습니다.

기독교에서도 사랑하면 행복해진다고 믿습니다."

"저는 생각이 좀 다릅니다. 기독교의 사랑과 달리

불교의 자비는 사람뿐만 아니라 세상의 모든 존재까지

나와 한 몸이 되어 행복해지는 것입니다."

목사는 내 답변을 수긍하는 듯 놀랐다. 다른 질문도 했다.

"소승과 대승은 무엇이 다릅니까?"

남방불교 수행자들이 '소승'이란 말을 불편하게 여길 테지만

나는 달라이라마의 말을 인용해 설명했다.

"소승은 남을 해치지 않기 위해 정진하는 수행자이고,

대승은 남을 돕기 위해 정진하는 수행자입니다."

"자비란 말이 너무 커서 이해하기 힘듭니다."

"달라이라마가 유럽에 갔을 때 그곳의 기독교인들이

'자비'가 무엇이냐고 묻자 '친절'이라고 말씀하신 적이 있습니다.

서른부터 다가온 반야심경의 행복

달라이라마께서 자비를 21세기의 언어로

친절이라고 말씀하신 것 같습니다.”

목사와 대화는 더 이어지지 못했다.

주지스님이 휴게소로 와 동석했기 때문이었다.

목사는 대화가 아쉬웠던지 내 산방을 들르겠다고 했지만

아직까지는 찾아오지 않고 있다.

그의 열린 태도를 보아 짐작하건대 불교가

‘행복의 종교’이자 ‘자비의 종교’라는 말에 수긍했을 것도 같다.

행복해지려면 그 조건과 방법은 무엇일까?

〈반야심경〉의 가르침도 결국 ‘고통으로부터 행복 찾기’가 아닐까.

관자재보살은 변화하는 모든 존재 속에서

무엇을 보고 행복의 조건을 발견했던 것일까?

그것은 두말 할 것도 없이 오온개공五蘊皆空.

공空이란 무엇일까? 공을 수량화시킨다면

인도에서 생긴 0이라고 할 수 있을지 모른다.

0은 0만 홀로 있을 때는 없는 것 같지만

-1, 0, 1이라는 관계 속에서는 분명히 있다.

-1과 1 사이에 존재하기 때문이다.

공성空性이란 그런 상태가 아닐까.

0은 0만 홀로 있을 때는 없는 것 같지만
-1, 0, 1이라는 관계 속에서는 분명히 있다.
-1과 1 사이에 존재하기 때문이다.
공성空性이란 그런 상태가 아닐까.

그러나 0이라는 단독자일 때는 공성은 사라지고 만다.

오온개공五蘊皆空 색수상행식色受想行識.

오온 다섯 가지 무더기[蘊] 중에서

색色은 눈앞에 보이는 대상이고

수受는 대상을 보고 마음에 일어나는 느낌이고

상想은 대상을 보고 마음에 떠오르는 생각이고

행行은 대상을 보고 마음이 시키는 행위이고

식識은 대상을 보고 마음으로 확인하는 인식이다.

대상인 색만 빼고는 모두 감각의식을 통한 마음작용이다.

온蘊은 복잡한 관계에 의해서 '쌓이는 무더기'

혹은 헛것(幻)과도 같은 '그림자(陰)'라는 뜻이 있다.

오온은 다섯 가지 실체가 없는 헛것 혹은 그림자라는 뜻이다.

때문에 색수상행식은 모두 공空이라는 말이 성립된다.

참고로 공은 진공眞空만 있지

빼기(-)를 해서 조금 덜한 공, 더하기(+)를 해서 더 많은 공

나누기(÷)를 해서 나눌 수 있는 공은 없을 것 같다.

대상이나 마음 전체에 곱해져(×) 대상이나 감각의식과

하나가 돼버린 진공만 있다는 뜻이다.

이러한 관념적인 이야기를 수량화, 등식화시켜 인수분해 해보면

더욱 이해하기 쉽지 않을까 싶다.

색수상행식 = 오온개공

색공色空 + 수공受空 + 상공想空 + 행공行空 + 식공識空

공(색+수+상+행+식)=색×0+수×0+상×0+행×0+식×0=0

수량화, 등식화는 공(空)을 이해하기 위한 나만의 방편이니

이 글을 읽는 이들에게 권하노니 각자의 자기 방식을 찾기 바란다.

지금 사립문 옆의 대숲에는 딱새 한 마리가 날아와

맑게 노래하고 있다. 딱새가 날아와 대숲은 적막하지 않다.

대나무 이파리들이 기분 좋은 듯 거풋거리고 있다.

맑은 즐거움, 청락淸樂이란 단어가 가만가만 가슴을 적신다.

　　　　　　　　　　　　　　서른부터 다가온 반야심경의 행복

공空은 무위자연과
이웃사촌이다

새벽 반달이 아직 중천에 떠 있다.

서너 개의 별이 반달 주변을 서성거리고 있다.

모두가 찬바람에 오들오들 떨고 있는 듯하다.

밤과 낮이 바뀌는 것을 아는 듯

흔적 없이 사라질 준비를 하고 있다.

밤새 제 자리에서 자기 할 일을 다 하고

이제 물러가야 할 때를 아는 우주의 존재들이다.

저 달과 별도 나의 선지식善知識이다.

고등학생 시절 나는 소설보다 시를 더 좋아했다.

철학은 실존주의가 사춘기적인 감성에 맞았고.

카뮈나 사르트르는 나의 고독과 저항을 옹호해 주었다.

고2 때 읽은 김춘수의 〈꽃〉도 나의 고독을 노래하는 듯했다.

내가 그의 이름을 불러주기 전에는
그는 다만
하나의 몸짓에 지나지 않았다.

내가 그의 이름을 불러 주었을 때
그는 내게로 와서
꽃이 되었다

나의 이 빛깔과 향기에 알맞은
누가 나의 이름을 불러다오.
그에게로 가서 나도
그의 꽃이 되고 싶다.

우리들은 모두
무엇이 되고 싶다.
나는 너에게 너는 나에게
잊혀지지 않는 하나의 눈짓이 되고 싶다.

그런데 나는 대학시절에 김춘수의 〈꽃〉을 좀 더 고상하게 이해하고 스스로 대단한 것을 발견한 것처럼 무릎을 쳤다.

아마도 동국대 불교학생회 사무실에서였을 것이다.

동아리 회원들과 〈반야심경〉을 막 봉독하고 나서였다.

문득 김춘수의 〈꽃〉이야말로 불교시라는 생각이 들었다.

그때로 돌아가 복기해 보는데 지금도 그 이해는 엇비슷하다.

1연은 오온 중에서

꽃은 나와 관계를 맺지 않은 대상인 색色일 뿐이다.

2연은 꽃을 불러 나와 관계를 맺는 수受

3연은 빛깔과 향기를 분별하는 상想과 나 말고 다른 사람에게도

이름을 불러달라고 발원하는 행行이라 할 수 있다.

마지막 4연은 망각의 대상이 되지 않고자 하는 식識에 해당한다.

그리고 보면 김춘수의 〈꽃〉이야말로 오온개공을

형상화한 뛰어난 명시이자 불교시가 아닐 수 없다.

다만 개공皆空, 모두가 공한 것까지 형상화하지 못한 것이

아쉽지만 그렇다고 시인이 〈반야심경〉의 첫 구절에 나오는

오온개공을 몰랐다고 볼 수는 없을 것이다.

어쩌면 김춘수 시인은 오온개공에서 공을 절제했을 것 같다.

모두가 공한 것이라고 노래해버리면 〈꽃〉은 문학작품으로써

긴장과 사유의 여백이 없는 밋밋한 작품이 되고 말기 때문이다.

백일홍 한 가지가 불상에게 다가가
자신의 붉은 마음을 바치고 있는 듯하다.
온몸으로 헌화하는 모습이 절절하게 느껴진다.

그러나 우리는 김춘수의 〈꽃〉의 여백에서
오온이 공하다는 것을 사색해야 한다.
그래야 〈꽃〉은 비로소 감상하는 우리 마음에서 완성된다.
시인이 발표한 〈꽃〉뿐만이 아니다.
오온으로 형상화된 우리 자신도 공하다는 것을 보아야 한다.
찰나적으로 변화하는 오온의 나를 '참나'라고
착각하고 우기는 바보가 되어서는 안 된다.
오온에 끌려 다니는 집착과 욕망의 노예가 되어서는 안 된다.

옳든 틀리든, 기쁘든 슬프든, 행복하든 불행하든
무엇에 시비, 집착하는 것은 결국 스스로를
혹은 무리에 가둬버리는 자폐로 가는 길이다.
〈반야심경〉의 공空이란 그것을 경계하라는 가르침이다.
그렇다고 아무런 태도를 보이지 말라는 가르침은 아니다.
순리를 따르면서 억지로 무엇을 하지 말라는 것이다.
노자는 무위자연無爲自然이라고 했다.
무위자연이란 아무 일도 하지 않는 것이 아니다.
작위적인 것이 없는 자연을 닮으라는 말이다.
관자재보살의 공과 노자의 무위자연은
마침내 한 지점에서 만나는 가르침이라고 생각한다.
꼭두새벽에 영감처럼 떠오른 단상이다.

꼭두새벽에 휴대폰 사진을 보며 미소 짓는다.

된서리에도 쉬이 시들지 않는 마당가 백일홍 꽃이다.

국화 못지않게 강인한 생명력이 신통하다.

반석에 있는 불상과 백일홍 꽃이 조화를 이루고 있다.

연출하지 않았는데 백일홍 한 가지가 불상에게 다가가

자신의 붉은 마음을 바치고 있는 듯하다.

온몸으로 헌화하는 모습이 절절하게 느껴진다.

'온몸으로 살고 온몸으로 죽어라'는

중국의 원오 극근 선사의 말씀이 문득 떠오른다.

서른부터 다가온 반야심경의 행복

행복하십니까?

산중에서는 늦가을부터 화목난로를 피운다.

꼭두새벽에 눈을 뜨자마자 화목난로를 살피는 일부터 한다.

집게로 재를 뒤집어보면 불티가 살아 있다.

그 위에 종이를 넣고 땔감을 올린다. 땔감에 불이 붙을 때까지

쪼그리고 앉아서 오늘은 무슨 글을 써야할지 궁구한다.

선심초심禪心初心이란 말이 있다. 무슨 일이든

첫 마음으로 돌아가 보면 실타래처럼 풀릴 때가 많다.

대학시절 불교학생회 모임에서 지도법사 스님에게

〈반야심경〉을 공부한 적이 있다.

일본 교토의 어느 불교대학에서 박사학위를 취득하고 귀국한

법사 스님은 〈반야심경〉은 첫 문장이

반야철학의 핵심이자 주제요 골수라고 말했다.
〈반야심경〉의 첫 문장만 온전하게 이해하면 나머지는
실타래가 풀리듯 저절로 알게 된다고 단언했다.

관자재보살 행심반야바라밀다 조견오온개공 도일체고액.
觀自在菩薩 行深般若波羅蜜多 照見五蘊皆空 度一切苦厄

법사 스님은 '관자재보살이 깊은 지혜를 완성하고 행할 때
현실존재의 요소(오온)들이 다 공함을 비추어보고서야
모든 괴로움과 불행을 벗어났다'고 우리말로 풀이했다.
그래도 왕초보 불자인 우리들이 꿀 먹은 벙어리처럼 앉아 있자,
젊은 법사 스님은 〈반야심경〉의 첫 문장만 가지고
두 시간 동안 길게 법문했다. 법사 스님의 알듯 모를 듯한
긴 설명이 끝나고 질문시간이 이어졌다.
한 여학생이 부끄러운 듯 모기만한 소리로 물었다.
"현실존재가 뭐예요?"
"줄여서 실존實存이라고 합니다. 밥 먹고 말하고 생각하는
지금 살아 있는 나를 말합니다.
살아 있는 나를 구성하는 다섯 가지 요소가 오온입니다."

중학생 때부터 절에 갔다는 부산 출신의 남학생도 질문했다.

"공空하다는 것이 무엇인가요?"

"수학의 제로와 비슷합니다. 한자로는 '비어 있다'는 뜻인데,

불가에서는 '실체가 없다'는 뜻과 같이도 씁니다.

고정된 것이 아니라는 것이지요.

학생이 앉아 있는 의자는 언젠가 망가져 쓰레기장으로 갑니다.

언젠가 의자가 아닌 무엇이 되고 맙니다.

결과적으로 의자라는 고정된 실체는 없다는 것이죠.

그런데 사람들은 의자라는 실체가 있는 것처럼 착각하고 살죠.

실체라고 착각하기 때문에 집착과 욕심이 생기는 것입니다.

우리 자신도 마찬가집니다. 나라는 실체가 없다고 깨달으면

집착과 욕심에서 자유로워질 수 있습니다."

또 한 여학생이 질문했다.

"스님, 나의 실체가 없다고 깨달으면 집착과 욕심에서

벗어난다는 말씀이 이해되지 않습니다."

"공은 지식으로 얻어지지 않습니다.

수행하거나 어떤 체험을 하여 깨달아야 합니다.

공한 경계에서는 내가 없으니 집착과 욕심도 사라져버립니다.

절대로 논리의 비약이 아닙니다."

앉아 있는 순서대로 질문이 이어져

나도 할 수 없이 입을 다물고 있는 수만은 없었다.

이른 새벽인데도 산새가 까치밥으로 남긴 감을 쪼아 먹고 있다.
산새도 부지런한 녀석이 있고 게으른 녀석이 있나보다.
선홍빛깔 홍시 언저리에 하늘에서 내려온 첫눈이 얹혀 있다.

"도일체고액, 모든 괴로움과 불행을 벗어났다고 하는 것은
진정한 행복을 얻었다는 의미인데,
그렇다면 행복의 열쇠는 공함을 비추어보는 것입니까?"
"그렇습니다."
나는 또 손을 들고 나서 법사 스님에게 얄궂은 질문을 했다.
〈반야심경〉의 첫 문장을 훌륭하게 이해하고 계시는
법사 스님은 행복하십니까? 괴로움과 불행에서 벗어났습니까?"
법사 스님은 얼굴이 금세 붉어졌다.
그러나 스님의 더듬거리는 답변은 그날 길게 설한
어떤 말씀보다도 내게 감동을 주었다.
내 삶의 한 길을 제시해 주었기 때문이었다.
"행복하지 않습니다. 영원한 행복을 추구하고 있을 뿐입니다.
〈반야심경〉의 진리는 지식과 설명으로 쉽게 얻어지지 않습니다.
수행을 해서 스스로 체험해야 참으로 얻을 수 있습니다.
그래서 우리들은 때가 되면 선방에 가고,
산중암자에 가서 기도하고, 법당에서 염불합니다.
재가불자도 마찬가집니다. 아무리 뛰어난 법사를 만나도
자기 수행이 없으면 그것은 지식일 뿐 지혜가 되지 못합니다.
김치 맛을 알려면 자기가 직접 김치를 담가 먹어봐야 합니다.

김치에 대해서 평생 설명을 듣는다 해도

자기가 담가보지 않고서는 진짜 김치 맛을 모를 겁니다."

오늘 새벽에는 장작 땔감에 불이 잘 붙지 않고 있다.

참나무장작에 비해 살아난 화력이 아직 약하기 때문이다.

주는 것과 받는 것도 서로 조건이 맞아야 한다.

참나무장작을 빼고 소나무장작을 넣어주니 비로소 불이 붙는다.

가르침을 주고받는 것도 같은 이치가 아닌가 싶다.

난로는 내게 온기뿐만 아니라 삶의 지혜까지 주고 있다.

이른 새벽인데도 산새가 까치밥으로 남긴 감을 쪼아 먹고 있다.

산새도 부지런한 녀석이 있고 게으른 녀석이 있나보다.

선홍빛깔 홍시 언저리에 하늘에서 내려온 첫눈이 얹혀 있다.

내 발자국에
꽃이 피어나려면

이십여 년 전, 내 나이 오십대쯤의 일이다.
새벽마다 쌍봉사 철감선사 부도 터까지 대숲 길을 산책하곤 했다.
산책길에서는 대나무 향기 같은 좋은 인연이나 기억들만 떠올랐다.
철감선사와 나 사이에 무슨 선연이 있는지 모르겠다.
사형사제간인 조주선사와 철감선사 두 분의 진영이 봉안된
호성전護聖殿 안내문은 내가 중국자료를 구한 뒤 작성한 글이다.

나만이 갖는 오롯한 정복淨福, 맑은 행운이었다.
붉은 꽃무릇이 지고 난 자리에 야생 차꽃 향기가 부도를 감싼
겨울에는 유난히 대학교 불교학생회 시절이 많이 생각났다.
누구라도 젊은 날은 푸르른 찻잎처럼 풋풋했을 터이다.
그 시절에 저지른 실수는 슬그머니 미소거리가 되기도 한다.

참회하는 공간이고 시간이기 때문이었을까?

아내와 함께 새벽이슬에 신발을 적시며

부도 터를 시계방향으로 한 바퀴 돌면서 속마음으로 참회했다.

'전생에 지은 빚을 갚겠습니다.'

'지은 허물을 참회합니다.'

아내도 모르는 나만의 참회바라밀인데, 참회를 무심코 하다보면

내 발자국에도 꽃이 피어날 성만 싶었다.

향기를 공양하는 부처를 향적여래香積如來라 했던가?

그렇다. 내 둘레에서 향기가 나게 하려면 참회밖에 없다.

비가 올 때까지 기우제를 지낸다는 인디언처럼.

108참회를 평생해온 암자의 노승을 뵌 적이 있다.

여름인데도 덕지덕지 기운 겨울철 누더기장삼을 입고 계셨다.

나는 그분의 몸과 누더기장삼에서 법향法香을 맡았다.

공空을 보았다고 해서 중생이 바로 부처가 된다면 얼마나 좋을까.

쌓은 허물은 어찌할 것인가, 차고 넘치는 업業은 어찌할 것인가?

고체처럼 달라붙은 업장業障을 어떻게 맑히고 씻어낼 수 있을까.

부처님도 5백 생 동안 맑은 선업을 닦았다고 하지 않은가.

나 같이 허물 많은 중생으로서는 오온개공을 깨달았다고 해서

도일체고액, 즉 모든 괴로움과 불행에서 벗어날 리 없을 터.
바로 행복해지기를 바란다면 그것은 인과를 외면한 염치없는 짓,
내 못남을 늘 살피고 받아들이면서 오직 참회하면서 살아야 하리.
끝없이 참회하고 맑은 선업을 지어 언행에서 향기가 나야 하리.

모든 언론에서 어떤 지식인을 비난하고 있다.
그 동안 대학에서 쌓은 명성이 하루아침에 추락해버렸다.
그러나 인(因, 씨앗)이 있으니 과(果, 열매)가 생기지 않았겠는가.
그 지식인은 소낙비 같은 비난을 피하지 말고 달게 받아야 한다.
나 같은 못난 중생은 소낙비를 피하려고 어디론가 도망치겠지만.
달마는 인연을 따르는 수연행隨緣行을 최고의 수행이라고 했다.
인과가 얼마나 엄정하고 또 수학처럼 분명하고 엄밀한 것이냐면
비탈진 밭에서 자란 사과는 그 모양도 밭을 닮아간다고 한다.
오래 전에 입적하신 직지사 관응 조실스님께서 해주신 말씀이다.
전설 따라 삼천리 같은 지나간 얘기지만
내 전생은 사찰 안팎을 드나들며 강의하는 법사였다고 한다.
원래는 화랑이었는데 신라가 망하자 만주로 올라가서
사냥을 직업 삼아 호랑이나 노루를 살생하면서 살다가
어느 날 우연히 원효스님의 〈대승기신론〉을 탐독하고 난 뒤,
크게 뉘우친 바가 있어 법사가 됐다는 것이었다.
동국대 국문과를 다니던 대학시절 불교학과 학생인 듯

불교학자 이기영 박사님의 〈대승기신론〉 연재물을 찾아서 보고
외웠던 적이 있는데, 모 도사의 말이 신통방통하기도 했다.
그 도사는 내 산방에서 아내와 내 전생을 이야기해주었던 것이다.

전생에 나는 공부하지 않는 스님들을 맹비난하고 다녔다고 한다.
내가 소설가가 된 것은 그 업을 씻기 위해서라고 도사는 진단했다.
실제로 나는 누구보다 많은 구도소설을 발표한 것도 사실이다.
40여 년 동안 부처님 열반 무렵의 이야기인 〈굿바이 붓다〉,
경봉스님 일대기 〈야반삼경에 촛불춤을 추어라〉,
성철스님 일대기 〈산은 산 물은 물〉, 혜암스님 일대기 〈가야산 정진불〉,
일타스님 일대기 〈인연〉, 법정스님 일대기 〈소설 무소유〉,
만해스님 일대기 〈만행〉, 김지장스님 일대기 〈천년 후 돌아가리〉,
수불스님 일대기 〈시간이 없다〉 등을 발표해 왔으니 말이다.

이야기가 곁가지로 흘렀지만 부처님은 제자들 사이에서
시비가 일 때 대답하지 않고 침묵하셨다는 일화를 많이 남기고 있다.
경전에 여러 군데 보인다.
시비를 넘어서 어리석은 이들이 찾아오면 다독거리듯 설법하고
세상의 모든 허물을 씻고자 치열한 정진과 참회를 하셨던 것이다.

나는 언론이 기사거리인 양 일방적으로 비난의 화살을 쏘아대는

나 같이 허물 많은 중생으로서는 오온개공을 깨달았다고 해서
도일체고액, 즉 모든 괴로움과 불행에서 벗어날 리 없을 터.
바로 행복해지기를 바란다면 그것은 인과를 외면한 염치없는 짓,
내 못남을 늘 살피고 받아들이면서 오직 참회하면서 살아야 하리.

그 지식인의 위기 사태에

흙탕물이 가라앉아 맑은 물로 바뀌게 될 때까지 침묵하고 싶다.

남을 비난하고 탓하는, 입으로 짓는 구업口業을 보태고 싶지 않다.

도자기가 1천도 이상의 불구덩이 가마 속에서

스스로 무너지지 않고 견디며 환골탈태하듯

그 지식인 또한 법당마루에 이마를 찧으며 참회하고 있을지 모른다.

아침 일찍 아랫마을에 사는 부부가 새로 담근 김치 한 통을

가지고 올라온 모양이다. 해마다 김치를 선물하시는 분이다.

김장배추는 수액이 뿌리로 다 내려간 뒤의 것이

아삭아삭 상쾌한 소리가 나며 식감이 좋단다.

그래서 동짓날 전후에 다른 분보다 김장을 늦게 한다고 말한다.

배추가 수액을 뿌리로 내려 보내는 까닭은 동면을 위해서이다.

잎이 얼지 않고 한겨울을 나기 위한 본능적인 생존법일 텐데

배추도 지혜로운 이같이 자신을 비울 줄 아는가 싶다.

배추뿐만 아니라 속을 비우는 산중의 나무들도 마찬가지다.

나는 김치를 가져온 부부에게 아직 개봉하지 않은

투명한 유리병에 노랗게 든 유자차를 선물한다.

무엇이든 귀한 산중에서는 물물교환이 이루어진다.

송광사 수련원장 현묵스님께서 내게 보내주신 유자차인데

유자차의 진짜 주인은 김치를 내게 선물한 아랫마을 부부일 것 같다.

서른부터 다가온 반야심경의 행복

사리불과 목련의
우정이 부럽다

초겨울이 되면 인도가 절로 생각난다.

인도는 11월부터 2월까지의 건기乾期가 여행하기에 좋다.

3월부터 혹서기이고 여름 우기雨期는 적응하기가 힘든 것이다.

인도를 15번 갔지만 또 마음이 동한다.

처음에는 부처님 성지와 아소카 유적지를 순례하는 감동에 젖어

부처님이 성지에 남긴 흔적을 좇아 참배하고 다녔지만

나중에는 부처님의 10대 제자들의 그림자까지 만날 수 있어

신심이 몹시 고양되는 것을 느꼈다.

특히 초기교단의 중심적인 인물이었던 사리불과 목련존자의

고향을 지나칠 때는 무언가 아련해지고 코끝이 찡했다.

죽림정사가 있는 라즈기르에서 그리 멀지 않은 나란다대학 터엔

지금도 붉은 벽돌로 쌓아올린 사리불 탑이 남아 있다.

그곳에 사리불 탑이 있게 된 이유는 사리불 고향이 나란다마을이고

사리불은 그곳에서 죽음을 맞이했던 것이다.

〈반야심경〉에 등장하는 사리자舍利子가 바로 사리불이다.

원어는 사리푸트라Sariputra이다. 사리불은 부처님 10대제자 중에

지혜제일智慧第一이라는 수식어가 붙어 있다.

내가 사리불과 목련존자에게 감동한 까닭이 있다.

진리의 길을 걸었던 두 보살은 진실하고 절절한 우정을,

무엇이 진정한 도반道伴인지, 영혼의 친구인지,

뿐만 아니라 죽음까지도 함께 여실하게 보여주었기 때문이었다.

어린 시절 이웃마을에서 살던 그들은 출가도 함께 하여

부처님의 수승한 10대 제자가 되었고,

죽음도 부처님의 허락을 받은 뒤 같이 죽었다.

이 정도는 돼야 영혼의 친구라고 할 수 있지 않을까.

부처님은 현명하고 지혜로운 도반이 아니라면

차라리 무소의 뿔처럼 홀로 가라고 했다.

성철스님도 송광사를 떠나면서 뒤따르려는 일타스님에게

'중이 가는 길은 홀로 가는 길'이라고 하며 표표히 혼자 떠났다.

사리불은 마가다국 수도 라자가하(王舍城: 라즈기르)에서 가까운

나란다마을에서 부유한 바라문의 큰 아들로 태어났다.

어린 시절의 이름은 우파티샤였으나

어머니 이름인 사리를 따서 사리불舍利弗로 불렸다.

사리불은 여덟 형제 중에서 가장 총명했다.

인도 고대성전인 베다를 모두 익혔고 예술적 재능도 빼어났다.

그런데 사리불이 살던 이웃마을 코리카에 한 소년이 있었는데,

그도 역시 여러 학문에 통달하여 어른들의 칭찬을 받곤 했다.

코리타 소년은 훗날 부처님 10대 제자 중에 신통제일 목련이 되었다.

어린 사리불과 목련은 의기투합하여 친구로 지냈다.

어느 날, 두 사람은 라자가하 근교의 산정에서 지내는

바라문교의 산정제山頂祭를 구경했다.

사람들은 밤새 노래하고 광란의 춤을 추었다.

어린 사리불과 목련도 함께 춤을 추다가 문득 깊은 생각에 잠겼다.

'사람들이 미친 듯 노래하고 춤추지만 백년 뒤에도 저럴까?'

백년 뒤에도 살아남아 노래하고 춤출 사람은 아무도 없을 터였다.

갑자기 어린 사리불과 목련은 무상함을 절감했다.

사리불은 무상함에서 벗어나는 길을 찾다가 출가를 결심했다.

집으로 돌아와 부모에게 간청했다. 그러나 부모는 바라문 가문을 잇고

집안의 제사를 지낼 책임이 있다면서 거절했다.

그러나 사리불은 일주일간의 단식 끝에 출가를 허락받고 말았다.

목련도 사리불처럼 부모를 설득하여 출가했다.

사리불은 처음에 회의론자인 산자야의 제자가 되었으나

7일 만에 스승의 경지에 올라 또 다른 스승을 찾아 나섰다.

이윽고 사리불의 눈法眼을 뜨게 한 사람은

부처님의 다섯 비구 가운데 한 사람인 앗사지馬勝였다.

사리불은 앗사지에게 부처님이 설한 연기緣起의 가르침을 듣고는

죽림정사로 가서 목련과 함께 부처님의 제자가 되었다.

두 사람은 부처님의 신뢰 속에서 제자들 가운데

핵심적인 인물이 되어 교단을 지키기에 이르렀다.

그러던 어느 날 목련은 집장외도執杖外道들에게

목숨을 위협받을 정도로 심한 박해를 받았다.

그들이 휘두른 몽둥이에 뼈가 부러지고 살점이 떨어져나갔다.

사리불이 드러누운 목련을 찾아가 물었다.

"벗이여, 그대는 신통제일이 아닌가?

그런데도 왜 몽둥이를 휘두르는 외도의 무리를 피하지 않았는가?"

"과보를 어찌 피하겠나. 나는 전생에 부모님을 괴롭힌 적이 있다네.

그 과보를 받았을 뿐이네."

사리불이 보기에 목련은 죽음을 기다리고 있었다.

사리불은 도반인 목련을 먼저 보낼 수 없었으므로 말했다.

"우리는 '완전하게 평안한 마음'을 얻으려고

자신의 죽음까지도 부처님에게 허락을 받았던 제자들.
서로를 너무도 사랑하므로 죽음까지도 함께 했던 사리불과 목련.
유독 사리불에게 〈반야심경〉을 설한 까닭도
그의 지고지순한 마음에 대한 보상이 아니었을까 싶다.

함께 출가하여 부처님의 제자가 되었지.

나와 그대는 깨달음을 얻었으니

이제 부처님의 허락을 받아 같이 입적하는 것이 어떤가?"

사리불은 부처님을 찾아가 목련과 함께 입적하겠다고 간청했다.

부처님은 그들에게 세상의 인연이 다했음을 알고 허락했다.

그리하여 사리불과 목련은 각자 고향 마을로 돌아가

친척들에게 부처님의 가르침을 설하고는 눈을 감았다.

자신의 죽음까지도 부처님에게 허락을 받았던 제자들,

서로를 너무도 사랑하므로 죽음까지도 함께 했던 사리불과 목련.

부처님께서 수많은 제자들 가운데서

유독 사리불에게 〈반야심경〉을 설한 까닭도

그의 지고지순한 마음에 대한 보상이 아니었을까 싶다.

부처님의 여러 성지 중에서 유독 상카시아가 떠오른다.

부처님이 도리천으로 올라가 어머니 마야부인에게 불법을 설하고

내려왔다는 곳이다. 지금도 그곳에는 석가족 후예들이 살고 있다.

목련이 사리불에게 부처님께서 상카시아로 오실 것 같다고 조언하

자, 사리불은 미리 그곳으로 가서 무리를 지어 정진하고 있었는데 그

래서 부처님은 도리천에서 상카시아로 내려왔는지도 모른다.

상카시아에서 만난 석가족 마을 자스라즈푸르 사람들, 내게 찬불가

CD를 선물한 소녀가수 비나, 자애롭게 생긴 마을절의 담마팔 주지 스님 등도 잘 있는지 궁금하다.

당신의 소울 프렌드는
누구인가?

사리불과 목련존자는 요즘말로 하자면

소울 프렌드Soul Friend, 영혼의 친구라고 할 수 있다.

나에게도 영혼의 친구가 있는가?

오스트리아 작곡가 헤르베르트 빌리Herbert Willi 씨는

나를 영혼의 친구라고 부른 적이 있다. 그는 내게 특별한 존재이다.

그도 내가 각별한 존재일 것이다.

몇 년 만에 오스트리아 빈에서 두 번째 만났을 때

그는 내게 자신이 작곡해 놓은 〈정情〉을 이야기했다.

그는 한국인의 정情을 사랑과 자비보다 더 높은

최고의 철학적 개념으로 인식하고 9악장의 심포니를 작곡한 듯했다.

빈 시청이 운영하는 '빈 콘서트 하우스' 사무실에서였다.

　　　　　　　　　서른부터 다가온 반야심경의 행복

나는 그가 〈정〉이란 작품을 설명할 때

구도자가 소(진리)를 찾는 과정의 그림인 〈십우도〉를 떠올리며 들었다.

그의 설명을 다 듣고 난 뒤 나는 그에게 〈십우도〉를 이야기해주었다.

당신이 〈정〉이란 음악을 찾는 첫 단계는 구도자가 소를 찾는 것과 같다.

영감을 얻었던 단계는 소 발자국을 본 것과 같다.

영감이 음악작품으로 발현되는 단계는 소를 본 것과 같다.

그리고 소도 자신도 잊은 공(空, 본질) 상태에서

원래의 저잣거리(色, 현상)로 돌아가는 맨 마지막 단계는

당신의 작품 주제인 평화와 절대자유를 누리는 것과 같다.

그랬더니 그는 자신의 생각과 일치한다며 몹시 행복해 했다.

나는 그것이 바로 본질과 현상은 결국 하나라는

색즉시공色卽是空 공즉시색空卽是色을 덧붙여 설명해 주었다.

그의 〈정〉 이야기는 클래식 뮤직 매니지먼트 회사인

IMK 권숙녀 회장의 국제전화로 계속 이어졌다.

권숙녀 회장은 헤르베르트 빌리 씨에게 나를 소개한 분이었다.

권 회장은 내게 〈십우도〉 열 가지 그림 이야기를 정리해서

빌리 씨에게 영문으로 보내달라고 부탁했다.

나는 화가인 미국조카의 도움을 받아 영문으로 번역한 원고를

메일로 오스트리아 권 회장에게 보냈다.

그랬더니 영문을 독일어 문장으로 번역해서 다시 내게 보내왔다.
흥미로운 점은 '정'을 독일어로 'Dsong'이라고 번역한 것이었다.

이야기가 곁가지로 흐르겠지만 헤르베르트 빌리 씨를
처음 만났을 때로 거슬러 올라가 회상해 보면 이렇다.
오스트리아에서 IMK 회사를 운영하는 권숙녀 회장이
빌리 씨에게 나의 소설세계를 소개했더니 독일어나 영어로 소개한
소설이 없냐며 당장 만나보고 싶다고 호기심을 보이더라는 것.
내가 1년 후에 가겠다고 대답했더니 빌리 씨가 어떻게 1년이나
기다릴 수 있느냐며 납치해서라도 만나고 싶다라는 것.
결국 나는 빈에 있는 카디널 코닝 하우스(추기경문화회관)에서
〈한국인에게 불교란 무엇인가?〉라는 주제로 강연하기로 하고
아내와 함께 오스트리아를 방문했다.
물론 강연 전에 빌리 씨가 사는 알프스 몬타폰으로 갔다.
거기에서 나와 빌리 씨는 3박 4일 동안 서로의 인생관, 우주관,
자연관, 음악, 문학 등을 소재로 이야기꽃을 피웠다.
빌리 씨는 신학대학교를 나온 작곡자였지만 불교가 건학이념인
동국대학교에서 공부한 나와 사고가 거의 흡사했다.
그는 외양만 서구인이었지 내면의 사유방식은 동양인이었다.
더구나 그는 한국을 한 번 방문한 적이 있는데,
해인사에 가서 법당의 벽화를 보고 놀란 채 크게 감동받았고,

서른부터 다가온 반야심경의 행복

떠날 때는 서울 봉은사를 찾아가 법당을 참배하고 난 뒤
자신은 전생에 한국인이었다는 느낌을 받았다고 고백했다.
그리고 공항으로 이동 중에 택시 안에서
한국인의 〈정〉이란 주제의 악상을 떠올렸다고 말했다.

빌리 씨는 첫 만남인데도 불구하고 자신의 어린 시절부터
작곡가로 활동할 때까지의 모든 삶을 꾸밈없이 들려주었다.
감정이 북받쳐 올라 어린아이처럼 엉엉 소리 내어 울기도 했다.
또 알프스 산을 함께 오르면서 해발 1100미터 지점에서
여기서부터 자신의 귀에 자연이 주는 소리가 들린다고 했다.
그는 그 소리의 음가를 음표는 물론 색연필로
색채를 이용해서 얼마든지 표현할 수 있다고 말했다.
자신은 머리로 구상하여 작곡하는 것이 아니라
알프스산이 주는 소리를 받아 적을 뿐이라고 내게 알려주었다.
사람과 자연 혹은 우주는 분리된 존재가 아니라
하나라는 대목에서는 나의 사고와 완전하게 일치했다.

작년 6월에 빌리 씨가 한국을 방문하여 내 처소
이불재 무염산방에서 하루 이틀쯤 묵기로 했지만
코로나사태로 빈에서 한 약속은 물거품이 되고 말았다.
빌리 씨가 한국에 오면 나는 그를 데리고 한국의 소리,

법정스님은 혼자 마시는 적적한 차 한 잔이
산중의 유일하고 진실한 벗이라고 했다.
그렇다면 당신의 소울프렌드는 누구인가?

동양의 소리를 선사하고 싶었는데 아쉽기 짝이 없다.

내가 그에게 선사하고 싶은 소리는 다름 아닌

순천 송광사 산속에서 울려 퍼지는 장엄한 새벽예불소리였다.

몇 십 명의 스님이 장엄하게 합송하는 성스러운 소리는

틀림없이 그에게 영감을 줄 것이라고 믿었기 때문이었다.

지지난해 2월이나 4월쯤에 빈 필 오케스트라가

〈정〉을 초연한다며 권숙녀 회장이 우리 부부를 초대했지만

코로나사태로 비대면공연도 취소했다는 소식을 전해 들었다.

모차르트의 미완성 악보를 발견했을 때 오스트리아 정부는

나머지 부분을 완성하도록 빌리 씨에게 맡겼다고 한다.

빌리 씨가 1956년생이니 모차르트 사후 250여 년 만의 일이었다.

그런데 빌리 씨는 나머지 부분 일부만 작곡한 뒤,

200년 뒤 또 누군가가 완성해주기를 바란다며

미완성 악보로 남겼다고 한다.

몇 백 년의 시공을 넘나들며 사는 영혼의 작곡자,

하루 한 끼만 식사하는 동양의 선사 같은 채식주의자.

전생에 한국인으로 한국 땅에 살았을 거라는 헤르베르트 빌리 씨가

나를 영혼의 친구라고 불러주는 것이 고맙고 자랑스럽다.

어느 날엔가 그와 만났던 인연을 소설로 쓰고 싶어서,

그가 나라면 써도 좋다고 원했기 때문에

〈몬타폰의 빛〉이라고만 가제를 써둔 지 벌써 5년이나 지났다.

돌아보면 누구나 자신의 내면에 소울프렌드의 목소리가

저만큼에서 그윽하고 향기롭게 메아리치고 있을지 모른다.

〈삼국유사〉를 쓴 일연스님은 불어온 맑은 바람淸風이

그대의 선지식이니 한 자리 차지함을 탓하지 말라는 시를 남겼다.

법정스님은 혼자 마시는 적적한 차 한 잔이

산중의 유일하고 진실한 벗이라고 했다.

영혼의 친구는 유무정有無情을 가리지 않는다는 말이리라.

그렇다면 당신의 소울프렌드는 누구인가?

오늘은 보이차 한 잔을 더 따라 빌리 씨에게 권하며 마신다.

서른부터 다가온 반야심경의 행복

인생을 주인공으로
살고 싶거든

이 세상에 존재하는 유무정물은 빛과 그림자가 있다.

햇빛의 광휘보다 그림자가 길어지고 짙어진 초겨울이다.

요즘에는 눈부신 빛에 가려졌다가 사라지는

그림자를 무심코 바라보고 있는 시간들이 길어졌다.

그림자로 살다간 사람들을 위해 맑은 차를 올리고 싶어진다.

허공이 있으므로 다리를 놓을 수 있는 것처럼

그림자가 없다면 어떻게 빛이 존재할 수 있을까?

빛의 광휘란 그림자의 헌신이 있기에 가능한 것인지도 모른다.

절의 법당 중에서 대광명전처럼 찬란한 이름이 또 있을까.

부처의 대광명이 세상을 향해 두루 비추는 곳이 대광명전이다.

나는 어느 절을 가건 먼저 대광명전(대적광전) 앞에

서서 합장하기를 좋아한다.

통도사에 들를 때도 참배객들이 많은 적멸보궁보다는

스님의 독경소리가 끊이지 않는 대광명전에 먼저 눈길을 주곤 했다.

대위광동자가 부처님을 찬탄하는 〈화엄경〉의 한 구절이었을 것이다.

　　부처님이 대광명을 두루 비추사

　　형색 모습 가이없이 지극 청정하시네.

　　구름이 모든 세상에 가득하듯이

　　곳곳에서 부처님 공덕을 찬탄하네.

　　서로 빛이 비치는 곳마다 넘치는 환희여

　　중생이 가진 고통 씻은 듯이 벗었도다.

이런 독경소리를 듣는 순간에는 어둔 가슴에

등불이 하나 켜진 듯 환히 밝아지는 것을 느낀다.

독경소리뿐만 아니라 고승의 법문을 들을 때도 마찬가지다.

실제로 나는 서울에서 직장 〈샘터〉사를 다닐 때

성철스님의 일대기 〈산은 산 물은 물〉을 집필하기 위해

원택스님이 보내준 스님의 〈백일법문〉 녹음테이프를

문래동 내 집 거실에서 새벽마다 들었는데,

그때마다 해가 비추는 것처럼 방안이 환해짐을 경험했다.

특히 〈반야심경〉에서 색공色空의 세계를 법문하시는
대목에서는 내가 대적광전에 들어 법신法身 부처님에게
설법을 듣는 것 같은 감동을 받았다.
성철스님의 말씀을 그대로 옮겨보자면 다음과 같다.

'〈반야심경〉에 이런 구절이 있습니다.

색이 공과 다르지 아니하고 공은 색과 다르지 않으며,
색은 곧 공이며 공은 곧 색이니라.
色不異空 空不異色
色卽是空 空卽是色

색이란 유형을 말하고 공이란 무형을 말합니다.
유형이 곧 무형이고 무형이 곧 유형이라고 하였는데,
어떻게 유형이 무형으로 서로 통하겠습니까?
어떻게 허공이 바위가 되고 바위가
허공이 된다는 말인가 하고 반문할 것입니다.
그것은 당연한 질문입니다.
그러나 알고 보면 바위가 허공이고, 허공이 바위입니다.
어떤 물체, 보기를 들어 바위가 하나 있습니다.
이것을 자꾸 나누어 가다 보면 분자들이 모여서

허공이 있으므로 다리를 놓을 수 있는 것처럼
그림자가 없다면 어떻게 빛이 존재할 수 있을까?
빛의 광휘란 그림자의 헌신이 있기에 가능한 것인지도 모른다.

생긴 것임을 알 수 있습니다.

분자는 또 원자들이 모여 생긴 것이고,

원자는 또 소립자들이 모여서 생긴 것입니다.

바위가 커다랗게 나타나지만 그 내용을 보면

분자-원자-입자-소립자로 결국 소립자 뭉치입니다.

그럼 소립자는 어떤 것인가?

이것은 원자핵 속에 앉아서 시시각각으로

'색즉시공 공즉시색' 하고 있습니다.

스스로 자기가 충돌해서 문득 입자가

없어졌다가 문득 나타났다가 합니다.

인공으로도 충돌 현상을 일으킬 수 있지만 입자의

세계에서는 자연적으로 자꾸 자기충돌을 하고 있습니다.

입자가 나타날 때는 색이고, 입자가 소멸할 때는 공입니다.

입자가 유형에서 무형으로의 움직임을 되풀이하고 있습니다.

그러므로 공연히 말로만 색즉시공 공즉시색이 아닙니다.

부처님 말씀 저 깊이 들어갈 것 같으면 조금도

거짓말이 없는 것이 확실히 증명되는 것입니다.'

부처님 가르침을 과학적으로도 증명할 수 있다는

성철스님의 독창적인 법문이었다.

그러나 불자들이 오해를 잘하는 부분인데

'불교가 곧 과학'이라는 등식은 성립할 수 없을 것이다.
법문하는 스님이 과학을 방편으로 끌어들일 수 있고,
과학자가 불법에서 영감을 얻을 수는 있지만 말이다.
뿌리는 대로 거둔다는 인과의 도리도 물리학의 질량불변법칙을
예로 들어 설명할 수는 있겠지만
불법의 인과와 질량불변법칙이 같다고 할 수 없기 때문이다.

현상(色)들은 서로의 관계로 변화하므로 무엇이 있는 듯 보이지만,
꼭 집어서 얘기할 수 있는 실제적인 주체나 실체는 없으므로
바로 그것을 부처님께서는 공空이라고 말씀하신 것이다.
줄여서 색불이공, 색즉시공이라고 하셨다.
그러고 보면 나를 감싸고 있는 세상의 모든 존재들의 공성空性을
체득하는 것이 바로 견성이고 깨달음이 아닐까 싶다.
극락암에 주석하셨던 경봉스님도 공의 도리만 깨달으면
무엇에 끌려 다니지 않고 연극 같은 인생을
주인공으로 멋들어지게 살 수 있다고 말씀하셨다.
자기답게 사는 주체적인 삶을 말씀하신 것이다.

집안은 좁지만
집밖은 넓다

내가 머무는 산방은 쌍봉사 위 산골짜기에 있다.

산중농부들은 이 좁은 협곡을 바람단지라고 부른다.

바람이 산지사방에서 휘돌아나가는 곳이기에 그렇다.

때문에 겨울에는 평지보다 4도 정도 추운 산자락이다.

내 산방 연못에 얼음이 꽁꽁 언 날에도

100여 미터 아래의 쌍봉사 연못에는 물이 찰랑찰랑 한 것이다.

추위에 약한 아내는 벌써부터 여러 겹의 옷을 입고 있다.

고향인 서울의 따뜻한 아파트가 몹시 그리울 만도 하다.

나는 〈암자로 가는 길〉 1권에 52군데의 암자를 순례했는데

법정스님께서 선재동자가 53명의 선지식을 찾아다닌 것처럼

53군데를 소개하지 그랬냐고 아쉬워하신 적이 있다.

그래서 내가 지금 낙향해서 사는 남도산중의 산방이
53번째 암자입니다, 하고 능청스럽게 대답했던 기억이 난다.

실제로 쌍봉사를 찾는 노보살님들은 내 산방에 먼저 합장하고
절 경내로 들어가곤 한다. 이 같은 노보살님들의 행동에 대해서
어느 날 법정스님께서 또 가정방문을 오셨을 때 말씀드리자,
그러니까 더 진실한 글을 써서 보답하라고 당부하셨다.
스님께서는 내 산방에 오시는 것을 꼭 가정방문이라고 하셨다.
누가 보더라도 18평의 내 산방은 작은 암자처럼 보일 터이다.
그래도 나는 내 산방이 작다는 생각을 한 번도 해본 적이 없다.

내 산방의 이름은 내가 작명했는데 이불재耳佛齋이다.
상량문에 '솔바람에 귀를 씻어 불佛을 이루리'라고 썼다.
자연의 소리로 깨달음을 이루겠다며 발원하는 마음을 새겼지만
몰록 23년을 살아오는 동안 어느 새 그 뜻도 깊어진 듯하다.
손님으로 오는 사람들의 이야기를 들어주는 집으로 바뀌었으니
소아小我에서 대아大我의 공간으로 진화했다고나 할까.
나는 차 한 잔 우려 주며 이야기를 들어주기만 하면 되는 것이다.
이렇게 여생을 보내는 것도 괜찮은 인생이 아닐까도 싶다.

송순이 노년에 살았던 면앙정俛仰亭을 노래한 시조가 있다.

서른부터 다가온 반야심경의 행복

면앙이란 땅을 굽어보고 하늘을 우러러본다는 뜻이다.

십년을 경영하여 초려草廬 한 칸 지어내니
반 칸은 청풍이요 반 칸은 명월이라
강산은 들일 데 없으니 둘러 두고 보리라.

가진 것이 정자 하나였던 그가 궁색하게 보이지 않는다.
오히려 자연을 벗 삼아 살았던 마음부자 같다.
요즘 집이 화두이지만 마음을 어디에 두고 사느냐가 문제다.
우리에게 주기만 하는 자연은 영원한 공동소유다.
그런데도 사람들은 자연을 멀리하고 집에만 관심이 많다.
자연에서 멀어지면 병원이 가까워진다는 법정스님의 말씀을
허투루 들을 일이 아니다. '귀 속의 귀'로 들어야 한다.

진각국사는 우주를 희롱하는 다시茶詩 〈인월대〉를 남겼다.
보는 순간 흥이 나서 족자 형태로 내 산방의 사랑방에 걸었다.

우뚝 솟은 바위산은 몇 길인지 알 수 없고
그 위 높다란 누대는 하늘 끝에 닿아 있네
북두로 길은 은하수로 밤차를 달이니
차 연기는 싸늘하게 달 속 계수나무를 감싸네.

嚴叢屹屹知幾尋

上有高臺接天際

斗酌星河烹夜茶

茶煙冷鎖月中桂

북두칠성으로 은하수를 떠서 밤차를 달이는 경지가 부럽다.

시선詩仙 이백의 상상력에 결코 뒤지지 않는 절창이다.

세상의 본질이 공空이라는 것을 깨달으면 그때부터

맑은 바람, 산중 물소리, 둥근 달 같은 색色이 친구가 되나 보다.

이 또한 〈반야심경〉의 색즉시공 공즉시색의 도리이다.

공空과 색色을 통찰하여 삶을 즐기는 구도자의 경지이다.

그렇다. 집안은 좁지만 집밖은 한없이 넓다.

어째서 좁은 곳에 눈과 마음을 두고 살려고 하는가?

집밖은, 벽 너머는 바로 광대무변한 허공이다.

옹졸하게 사느니 호연지기의 삶이 더 멋들어진 인생이 아닌가.

사람이 입을 다물면 자연이, 우주가 입을 연다고 했다.

자연과 우주가 전하는 내밀한 소리를

'귀 속의 귀'로 듣는 이는 얼마나 행복한가.

부처님이나 노자, 장자는 눈 뜨지 못한 우리 범부와 달리

눈앞에 벽을 허물고 세상과 함께 살았던 마음부자들이 아니었을까?

우뚝 솟은 바위산은 몇 길인지 알 수 없고
그 위 높다란 누대는 하늘 끝에 닿아 있네
북두로 길은 은하수로 밤차를 달이니
차 연기는 싸늘하게 달 속 계수나무를 감싸네.

벽장에 올려놓은 좌복을 다시 내려놓아야 할 것 같다.

귀동냥한 지식으로 공空을 아는 것은 새우깡을 먹는 것,

좌복에 앉아 스스로 체득해야만 진짜 새우를 맛보는 것이다.

나의 어리석은 한 생각이 바뀌면 언행이 바뀌게 되고,

그리하여 나의 오래된 습관이 바뀌면 운명도 바뀔 테니까.

매화꽃 향기로
귀를 씻을 수 있을까?

텃밭에서 20년쯤 자란 매화나무가 꽃을 피우고 있다.

낙향해서 심었으니 나와 함께 세월을 보낸 매화나무이다.

석양빛이 함박눈처럼 투과하여 마치 설화가 핀 듯 화사하다.

매화꽃처럼 봄을 알리는 꽃도 드물 듯싶다.

중국 어느 비구니 수행자가 봄을 찾으러 산에 들어

온종일 헤매다가 결국 암자로 돌아와서 뜰에 핀

매화꽃을 보고 봄맞이한다는 우화 같은 시가 떠오른다.

나 역시 무심코 텃밭에 핀 매화꽃을 보고

새삼 봄날이 눈앞에 다가와 있음을 실감하고 있다.

대구에서 한 작곡가가 찾아왔다가 갔다.

작년에 산방을 방문했다가 나를 만나지 못했던 분이다.

차를 마시며 이런저런 대화를 나누던 중이었다.

사랑방 처마 밑에 걸린 무염산방無染山房과

벽록당檗綠堂 편액에 대해서 물었다.

"어느 분의 글씨입니까?"

"무염산방은 법정스님, 벽록당은 정영채 선생님의 글씨입니다."

"둘 다 사랑방 이름입니까?"

"아닙니다. 사랑방 이름은 무염산방이고,

벽록당은 나중에 남향집을 지으면 당호로 사용할 생각입니다.

제 법명은 무염이고, 수불스님께서 벽록이란 호를 지어주셨습니다."

"작가님은 법명에다 호까지 있으니 참 복이 많으신 분입니다."

나는 차담으로 수불스님이 지어주신 호에 대한 이야기를 했다.

안국선원 서울 신도들과 함께 중국 선찰을 순례할 때였다.

깊은 산중으로 들어가 황벽선사 묘탑에 이르렀을 때

수불스님께서 단박에 벽록이라는 호를 지어주셨던 것이다.

벽檗은 황벽나무 벽자이고, 록綠은 푸를 녹자이다.

"황벽 선사처럼 푸른 정신의 작가가 되라는 것 같습니다."

작곡가는 부러워하는 눈치를 보이며 고개를 끄덕였다.

"저는 어린 시절 섬진강을 보고 자랐습니다.

지금도 고향으로 돌아가 섬진강 강물이나 강가의 매화꽃,

노을 같은 자연을 무심히 보고 있으면

깊은 산중으로 들어가 황벽선사 묘탑에 이르렀을 때
수불스님께서 단박에 벽록이라는 호를 지어주셨던 것이다.
벽檗은 황벽나무 벽자이고, 록綠은 푸를 녹자이다.

문득 제 마음과 하나가 됩니다.

저는 그때의 제 마음을 음악으로 표현합니다."

그가 또 물었다.

"왜 이런 산중에 집을 지어 살고 있습니까?"

"인도 바라문에게는 여생을 자연 속에서 사는 전통이 있습니다.

임간기林間期 혹은 임서기林棲期라고 하는데

가족이나 이웃에게 사회적인 의무를 다한 뒤,

자연을 벗 삼고 스승 삼아 사는 기간을 뜻합니다.

바라문들의 삶에 공감해서 산중으로 내려와 살고 있습니다."

작곡가는 자신도 도회지를 떠나 산중에서 살고 싶지만

아내가 반대하여 실행하지 못하고 있다며 웃었다.

짐작하건대 나 역시 젊은 그의 외모로 보아서 아내와 자식,

사회에 봉사해야 할 나이인 것 같아서 더 기다리라고 말했다.

출가한 수행자라면 모르겠으나 이미 인연 맺은 가족에게

책임과 의무를 회피해서는 안 되기 때문이었다.

나는 작곡가가 간 뒤, 한동안 텃밭의 매화꽃을 보면서

향기로도 귀를 씻을 수 있을까 하고 곰곰이 생각해보았다.

향성香聲, '향기의 소리'라는 말이 있으니 가능할 듯했다.

서른부터 다가온 반야심경의 행복

향기로 귀속을 씻는다면 무엇부터 씻을까?

나를 비난하는 소리보다 칭찬하는 소리들을 먼저 씻고 싶다.

아상이 없어져야만 '거짓 나'에서 '본래의 나'로 돌아갈 테니까.

이러한 사유도 〈반야심경〉을 가까이 하지 않았다면

공空의 '집착하지 않기'와 무無의 '놓아버리기'를 모른 채

먼 길을 빙빙 돌거나 이 길 저 길을 헤맸을지도 모른다.

사실 서울생활을 청산하고 남도산중으로 낙향한 까닭은

자의반 타의반으로 살았던 자주적이지 못한 '거짓 나'를 버리고

자연의 순리를 거스르지 않는 '본래의 나'로 살고 싶었음이었다.

2장

깨달음이여, 영원하여라

그대는 부처다. 그러면서 동시에 그대는 부처가 아니다.

이것이 딜레마다. 하나의 역설이다.

그대는 부처가 되기로 이미 정해져 있었다.

그러나 그대는 그만 기회를 놓쳐버렸다.

그런데 <반야심경>은 그대를 다시

본 궤도로 옮겨 놓을 것이다.

공空을 알아야
'거짓 나'를 버릴 수 있다

나와 산책을 가끔 했던 이불재 아래절의 신도회장이
몇 주 전쯤 내게 휴대폰 문자로 보내온 글을 읽어본다.
그림과 도자기를 좋아하는 그는 공무원 출신 불자이다.
비가 오는 날이어서 산책을 못한 날인 듯하다.

범종소리 호흡에 실어 참나를 찾는 밤에
이불재의 다향과 시향의 달콤함에 망상을 피운다.
추적추적 빗소리, 님의 발자국인지
귀를 쫑긋 세워보지만 님은 보이지 않고 밤은 깊어만 간다.

나는 '참나'를 '본래면목'으로 바꾸면 100점이란 답을 보냈다.
오온이 공한데 실재하는 '참나'가 어디 있겠는가.

사상누각 같은 논리적 모순에 빠지고 마는 소리이다.
물론 초심자를 위해 방편으로 말할 수는 있겠지만
지도자의 위치에 있는 불자가 함부로 할 말은 아니다.
다만 참나를 '거짓 나'의 반대인 '본래의 나'라고 하면 무방할 터.

'거짓 나'란 무엇일까?
받아들이는 감각受과 분별하는 인식想과 의도하는 행위行와
대상을 아는 지식識에 사로잡혀 있는 나를
'거짓 나'라고 생각하는데, 조금은 맞지 않을까 싶다.
색안경을 끼고서 초록색을 갈색이라고
우기고 사는 것이 '거짓 나'이자 허깨비 삶인 것이다.
〈반야심경〉에서 부처님도 사리자에게
수상행식 역부여시受想行識 亦復如是라고 설하시고 있다.
감각도 공하고受卽是空, 인식도 공하고想卽是空,
행위도 공하고行卽是空, 지식도 공하다識卽是空는 말씀이다.

그런데도 '거짓 나'는 공의 이치를 깨닫지 못하고
자신의 판단이 정답인 것처럼 집착하며 살아가고 있다.
작가인 나도 나의 글들이 진실이라고 믿는데 주저하지 않는다.
수상행식이 공하다고 깨달았다면 내 글을 읽는 독자들에게
좀 더 미안해하고 겸손해 질 수도 있을 텐데 그러지 못했다.

차가운 꼭두새벽에 이불이 나를 고맙게 덮고 있는 것을 모른 채
내가 이불을 덮고 있다고만 일방적으로 생각했다.
이 도리만 알게 된다면 세상은 고마운 것들로 가득 차 있다.

차가운 꼭두새벽에 이불이 나를 고맙게 덮고 있는 것을 모른 채

내가 이불을 덮고 있다고만 일방적으로 생각했다.

이 도리만 알게 된다면 세상은 고마운 것들로 가득 차 있다.

집이 나를 받아줘서 고맙고, 차가 나를 태워주어서 고맙다.

이웃이 있어서 고맙고, 가족이 있어서 고맙다.

하늘이 있어서 고맙고, 땅이 있어서 고맙다.

세상에 존재하는 모든 것들이 고마울 뿐이다.

편견에 사로잡힌 이들은 산중 선사들이

공의 도리를 알아야만 행복해진다고 법문하면 구름 위를 걷는

고고한 소리라며 애써 외면하며 귀를 막고 발길을 돌려버린다.

"공이라는 것을 알면 도대체 무슨 이익이 있습니까?

공을 알면 왜 행복해 진다는 것입니까?"

삶이 힘겨운 어떤 이들은 듣는 시늉만 한다.

공이란 것이 아직 관념에 머물러 가슴에 와 닿지 않는 것 같다.

사실은 나도 모호하게 이해하기는 마찬가지였다.

이제 겨우 저편에 꼭꼭 숨어 머리카락 정도만 보이는

공을 아주 조금 이해하고 있을 뿐이다.

나의 감각과 인식도 공하여 불완전한 것이기 때문에

나의 선택과 판단도 결코 집착할 것이 못 된다는 것을 깨닫고,

그 자각에 대해서 겨우 고마워할 뿐이다.

서른부터 다가온 반야심경의 행복

나와 같은 사람을 종종 만나 위로를 받기도 한다.

심리치료사 후배는 문제가 얽히면 산중암자로 간다고 한다.

지금까지 해온 구상을 놓아버린 채 며칠이고 자신을

잊어버린 채 기도하다 보면 새로운 해답이 나온다고 한다.

그런데 흥미롭게도 그 해답은 누군가가 내려주는 것이라고 한다.

그래서 스위스의 심리학자 칼 융은 한 청중이

자기self가 무엇이냐고 물었을 때

칼 융은 왜 '당신들 모두'라고 단언했던 것일까?

무량겁의 모든 경험이 저장된 장식藏識을

제8식 혹은 아뢰야식이라고 하는데,

기도를 하면 아뢰야식이 드러나

기도하는 후배에게 해답을 주는 것인지도 모르겠다.

나는 그럴 거라고 믿는다.

23년 전에 낙향해서 밭을 사들여 매화나무 18그루를 심었는데,

10여 년 전부터는 사람들에게 매실을 따가도록 허락하고 있다.

꽃과 향기, 열매를 선사하는 이타행을 하는 매화나무다.

'당신들 모두'인 우리도 너나없이 매화나무와 같았으면 좋겠다.

죄업을 깨끗이
하고 싶다면

인도 힌두의 성지 바라나시에 있는

강가강을 영어식으로는 갠지스강이라고 한다.

강가는 어머니라는 뜻이 담겨 있다.

북인도 강가강은 인도 사람들에게 어머니 강이다.

어머니는 자비와 사랑의 화신이자 무료변호사이다.

어머니는 자식의 어떤 허물이라도 다 덮어준다.

자식이 어떤 죄를 지었더라도 어머니만은 다 용서해 준다.

인도에서 사두(힌두교 스승)에게 들은 말이다.

힌두교 신자들은 예나 지금이나 강가강에 들어가

몸을 씻으면 지은 죄가 소멸된다고 믿는다고 한다.

사후에도 시신을 강물에 적신 뒤 화장하여 재를 뿌리면

살아생전에 지은 죄가 다 소멸된다고 한다.

부처님이 살아 계실 때도 바라문들은 날마다 강물에 들어가

그런 멸죄의식을 아무런 의심 없이 치렀으니

힌두교 신자들의 전통적인 의식인 셈이다.

아마도 강을 종교적으로 어머니와 연관시켰기 때문에

그러한 의식이 생겼으리라고 짐작된다. 그러나 부처님은

정견正見으로 통찰하여 그러한 멸죄의식을 부정하셨다.

초기경전에 여러 군데 보인다.

부처님이 꼬살라국 순다리까강 작은 숲속에 머물 때였다.

아마도 순다리까강은 강가강의 한 지류였을 것이다.

어느 날 강가 움막에 사는 한 늙은 바라문이 부처님을 찾아와

얘기를 나누고 간 적이 있었다.

그 무렵의 부처님은 깨달음을 얻은 지 오래 되지 않았으므로

바라문들이 잘 알아보지 못했던 것 같다.

늙은 바라문은 부처님에게 다가와 자기와 함께

순다리까강에 들어가 목욕을 하자고 권유했다.

부처님은 그의 제의를 받아들이는 척하면서 그에게

강에서 목욕을 하면 무슨 좋은 일이 있는가 하고 물었다.

그러자 바라문이 말했다.

"사문이여, 순다리까강은 구원의 강이요, 상서로운 강입니다.

새벽 일찍 일어나 강가강으로 나가면 일출의 장엄을 볼 수 있다.
몇 년 전이던가. 새벽에 강가강 모래밭에서 기다리다가 보았던
핏덩어리 같은 해가 나에게는 〈반야심경〉의 관자재보살 같았다.
마주치는 순간 내 안의 어둠 같은 것을 행복으로 바꾸어주었으니까.

만약 누구나 여기서 목욕하면 죄업이 다 사라지게 될 겁니다."

이에 부처님은 다음과 같이 설하여 늙은 바라문을 놀라게 했다.

"어떤 강물도 사람의 죄업을 깨끗하게 할 수는 없습니다.

만약 그 강물에 목욕을 해서 죄업이 사라진다면

그 강물 속의 물고기는 죄업이 하나도 없다고 해야 할 것입니다.

그러나 어찌 사람이 물고기보다 못하다고 할 수 있겠소?

죄업을 깨끗이 하고 싶다면 오직 청정한 행을 닦는 것이 옳습니다.

생명을 함부로 해치지 말 것이며,

남의 물건을 훔치지 말 것이며,

남의 아내를 탐하지 말 것이며,

남을 속이지 말아야 합니다.

이러한 사람은 우물물에 목욕해도 깨끗할 터이므로

굳이 강에 들어가 목욕할 이유가 없습니다.

그러나 청정한 행을 닦지 않는 사람은

아무리 자주 강에 들어가서 목욕한다 해도

죄업을 깨끗하게 할 수는 없습니다."

기독교 의식에도 물을 성수라 하여 중요시하고 있다.

물에 씻는 것을 세례라 하고, 물에 잠기는 것을 침례라 한다.

모두 힌두교의 멸죄의식과 흡사한 점이 있지 않나 여겨진다.

물론 기독교가 말하는 물은 말씀을 상징한다고 하지만 말이다.

그러나 부처님은 당시 바라문이 지배하는 시대에
보수적인 통념을 깨고서 물로서는 그 어떤 죄업도
씻을 수 없다고 설했으니 대단히 용기 있고
진보적이고 혁명적인 분이라는 생각이 든다.

코로나 때문에 인도 여행이 몇 년째 늦어졌다.
인도를 간다면 예전과 같이 바라나시를 먼저 들를 것이다.
그곳에서는 동쪽으로 난 길로 가면 반드시 강가강을 만난다.
새벽 일찍 일어나 강가강으로 나가면 일출의 장엄을 볼 수 있다.
몇 년 전이던가. 새벽에 강가강 모래밭에서 기다리다가 보았던
핏덩어리 같은 해가 나에게는 〈반야심경〉의 관자재보살 같았다.
마주치는 순간 내 안의 어둠 같은 것을 행복으로 바꾸어주었으니까.

서른부터 다가온 반야심경의 행복

⟨반야심경⟩은
강가강이다

2천6백여 년이 지난 지금도 바라나시의 강가강을 가보면
수많은 힌두 신자들이 해가 뜨기 전에 강물로
목욕하고, 양치질하고, 세수하는 것을 볼 수 있다.
힌두 사두들은 뜨는 해를 바라보며 가트에 앉아서 기도를 한다.

타다 만 시신이 떠다니는 탁한 강물이지만
그런 끔직한 모습이나 더러운 수질에도 아랑곳하지 않는다.
강가강에 대한 경외감이랄까, 힌두교적인 믿음에서 그럴 것이다.
실제로 더러운 강가강 강물에 몸을 담근 채 목욕하고
세수하고 양치질해서 피부병이나 안질을 앓았다는
힌두 신자는 지금까지 단 한 명도 보고된 바 없다고 한다.

나는 지금도 누군가가 〈반야심경〉이 무엇이냐고 묻는다면
'〈반야심경〉은 강가강이다'라고 단 한 문장의 비유로 말하곤 한다.
독특한 체험이지만 강가강 가트에서 경험한 사실인 것만은 분명하다.

강가강은 수천 년을 하루와 같이 단멸斷滅 없이 늘거나
줄지 않고 북쪽에서 흘러와 동쪽으로 돌아 흐르고 있다.
그들은 강가강이 북쪽에서 흘러와 동쪽으로 돌아서 흐르므로
윤회라는 말이 나왔다고 말한다.
사실 생멸을 초월한 영원성은 세상의 어느 강이나 마찬가지다.
나는 강가강에서 한 권의 경전을 보는 듯한 직관적인 경험을 했다.
여러 경전 중에서도 〈반야심경〉이 머릿속을 떠나지 않았다.
강가강이 '시제법공상是諸法空相 불생불멸不生不滅 불구부정不垢不淨
부증불감不增不減'을 눈앞에서 생생하게 보여주었던 것이다.

'이 모든 존재의 공한 모습은
생겨난 것도 없고 멸할 것도 없는 것이며
더러운 것도 아니고 깨끗한 것도 아니며
증가하거나 감소하는 것도 아니다.'

아침햇살에 고기비늘처럼 반짝이는 강가강의 물결은
누군가가 〈반야심경〉을 한 자 한 자 사경해 놓은 것 같았다.

개인적인 내밀한 경험을 지금에야 고백하지만
그런 느낌은 번갯불이 번쩍이는 것처럼 순간적으로 다가왔다.
그래서 나는 그때 부처님이 강가강에서 영감을 얻어

사리자에게 〈반야심경〉을 설하지 않았을까 하고 추측했다.
물론 강가강이 내게 나지막이 소리 내어
'모든 존재의 공한 모습은 불생불멸이고 불구부정이고
부증불감이다.'라고 말해 주지는 않았지만
그러한 직관이 고압전류와 같이 나를 감전시켰던 것이다.
너무도 강렬하여 지금도 그 순간이 생생하게 기억날 정도다.

그래서 나는 지금도 누군가가 〈반야심경〉이 무엇이냐고 묻는다면
'〈반야심경〉은 강가강이다'라고 단 한 문장의 비유로 말하곤 한다.
독특한 체험이지만 소똥이 냄새를 풍기고 주인을 찾지 못한
병든 개들이 어슬렁거리는 강가강 강물에 젖은 가트에서
한 나절을 보내면서 무심코 경험한 사실인 것만은 분명하다.
그해 부처님 8대 성지를 룸비니에서 상카시아까지 순례하는 동안
내 머리에 벼락을 치는 듯한 깨달음이 있었다면 바로 그것이었다.

아기손톱만한 봄까치꽃, 나들이옷 단추만한
복수초꽃이 이불재 마당과 뜰에 피어 있다.
작은 것이 아름답다, 라는 말에 공감하지 않을 수 없는 아침이다.

서른부터 다가온 반야심경의 행복

'없다'라는
자비로운 백신주사

소나무도 겨울잠에서 깨어나 허물을 벗는구나.
마당을 거닐다가 가지가 여섯 개인 소나무에 눈길이 절로 간다.
내가 육바라밀송이라고 이름붙인 소나무 보살이다.
나무껍질이 바람결에 후두둑 떨어지는 모습을 처음 본다.
봄이 되어 소나무가 체중을 불리고 있다는 증거다.

나 역시 편견이라는 허물, 선입관이라는 허물,
몸에 밴 타성이라는 허물을 스스로 벗어버리지 않는다면
영혼의 성장뿐만 아니라 풋풋한 사고는 멈추어지고
머리카락만 희어지는 늙은이가 될 것 같다.
나는 혼자 있을 때 불자들이 '관세음보살'을 외우듯
'공중무색空中無色

무수상행식無受想行識
무안이비설신의無眼耳鼻舌身意
무색성향미촉법無色聲香味觸法'을 중얼거리곤 한다.

공한 가운데는 물질도 없고
감각, 지각, 의지, 인식도 없고
눈, 귀, 코, 혀, 몸, 뜻도 없으며

아무 때나 중얼중얼 외우는 것은 아니다.
내가 무언가에 지나치게 집착하고 있을 때,
내가 누군가에게 자꾸 실망했을 때, 내가 편견이나
선입관의 덫에서 빠져나오지 못할 때마다 외운다.
무심코 외우다 보면 '무無자만 머릿속에 오롯이 남는다.
마치 원심분리기에 넣고 돌리고 나니
모두 다 사라지고 무자만 남는 것 같다.

그러고 보니 나는 '없다'라는 상품의 백신으로
'있다'라는 집착의 병에 맞서서 살고 있지 않았나 싶다.
물론 공의 도리 속에서 사는 관자재보살은
공이란 항체가 영혼 속에 형성되어
굳이 '없다'라는 상품의 백신을 맞을 필요가 없겠지만.

서른부터 다가온 반야심경의 행복

내가 무언가에 지나치게 집착하고 있을 때,
내가 누군가에게 자꾸 실망했을 때, 내가 편견이나
선입관의 덫에서 빠져나오지 못할 때마다 외운다.
무심코 외우다 보면 '무無'자만 머릿속에 오롯이 남는다.

15년 전쯤 중국 선종사찰을 순례할 때이다.

조주스님이 머물렀던 백림선사를 들른 적이 있다.

백림선사는 처음에는 관음원 혹은 동원이라고 불렸다고 한다.

그곳은 간화선 교재인 〈무문관〉의 제1칙이 탄생한 곳이었다.

한 학인이 조주스님에게 물었다.

"개에게도 불성이 있습니까?"

"없다(無)."

"위로는 부처님에서 아래로는 개미까지 모두 불성이 있는데,

어째서 개에게는 불성이 없습니까?"

나도 조주스님의 의도를 알 것 같다.

'없다'는 답이 아니다. 정답을 스스로 찾아보라는 말씀이다.

조주스님은 다른 학인에게는 정반대로 '있다'고 말한다.

"잣나무에게도 불성이 있습니까?"

"있다(有)."

"언제 성불합니까?"

"허공이 땅에 떨어질 때까지 기다려라."

"허공은 언제 땅에 떨어집니까?"

"잣나무가 성불할 때까지 기다려라."

여기서의 '있다'는 실제로 불가능한 일이므로
'없다(無)'나 마찬가지가 아닐까.
조주스님은 학인이 '있다'라는 집착의 병에 걸린 것을 보고
'없다'라는 백신주사를 자비롭게 놓아주고 있는 것이다.

텅 빈
충만의 마음

이른 새벽에 진돗개 행운이 아침끼니를 주려고 나가는데,
매화향이 와락 달려들어 날 샌 뒤 다시 나가보니
청매, 백매, 홍매꽃이 만개해 있다.
밤새 이불재 연못의 개구리들이 골짜기가 열린다고
개골개골開谷開谷 노래한 것에 대한 응답이 아닌가 싶다.
밤새 매화향이 나를 감싸고 있었다니 고마운 마음이 든다.

이불재 아래 있는 쌍봉사에서 템플스테이하고 있는
한 불자와 산책을 함께 했다. 호가 시중時中인 그 불자가 말했다.
"진공묘유에서 묘유란 관세음보살님이 아닌가 싶습니다."
"묘관음妙觀音이란 말이 있지요. 그럴 수도 있겠네요."
템플스테이 불자는 묘유妙有에서 유有를 관음으로 이해한 것이다.

'눈 속의 눈'으로 보았다고나 할까.

그런 논리가 허용된다면
유有는 지장보살도 되고, 비로자나불도 되고,
아미타불도 되지 않을까 싶은 영감이 들었지만 나는 입을 다물었다.
산책하는 동안 침묵하는 즐거움을 깨뜨리지 않고 싶어서였다.
분명한 것은 그 불자가 자신도 모르게 관세음보살이란
화두를 들고 사유하고 있구나 하는 점이었다.
그는 의도적으로 관세음보살 화두를 들고 있지는 않은 듯했다.
그러기보다는 저절로 관세음보살이
그의 무의식 저편에 다가와 있는 것 같았다.

그것은 그의 취향이거나 어떤 인연일 수도 있었다.
불자들이 절에 들어 먼저 들어가는 전각이 각기 다르듯 말이다.
대웅전으로 가는 있고, 관음전으로 가는 이도 있고,
극락전으로 가는 있고, 지장전으로 가는 있고,
대적광전으로 가는 이도 있고, 나한전으로 가는 이도 있는 것이다.

법정스님은 진공묘유를 '텅 빈 충만'으로 풀이하셨다.
텅 비어 있는데 마음에 무언가 충만해 있다는 것이다.
과학자들은 이를 과학적으로 증명하려고 하는데,

그럴 듯하게 설명하지만 '억지춘향'이 아닌가 싶다.

과학과 종교는 서로 다른 영역이기 때문이다.

과학은 과학이고 종교는 종교, 번지수가 다른 것이다.

물론, 묘유가 기독교인 입장에서는 하느님일 수도 있을 터이다.

또한 토속신앙에서는 산천에 깃든 신들일 수도 있겠다.

그러고 보니 진공즉묘유眞空卽妙有, 묘유즉진공妙有卽眞空이다.

위의 글에 최진석 철학자가 다음과 같은 짧은 문자를 보내왔다.

'작가님 덕분으로 늦은 오후에 묘유즉진공妙有卽眞空을 만납니다.

갑자기 혼도 그러겠구나 싶습니다.

모든 생명체는 혼으로 사는 것 같습니다.

혼은 보이지도 않고 만져지지도 않지만

그런 것들을 통솔하는 큰 힘을 내죠. 마치 어머니 같습니다.'

이번에는 위의 글을 페북에 올리자, 이병욱 님이 긴 댓글을 달았다.

공감하기에 그대로 옮겨본다.

'과학으로 불교를 설명하고자 하는 사람들이 있습니다.

양자역학으로 공을 설명하는 사람도 있습니다.

과학과 불교는 엄연히 다른 영역입니다.

서른부터 다가온 반야심경의 행복

법정스님은 진공묘유를 '텅 빈 충만'으로 풀이하셨다.
텅 비어 있는데 마음에 무언가 충만해 있다는 것이다.
과학자들은 이를 과학적으로 증명하려고 하는데,
그럴 듯하게 설명하지만 '억지춘향'이 아닌가 싶다.

자연과학은 물질을 연구하는 학문입니다.

특히 미시물리학은 물질을 쪼개고 쪼개서 궁극을 보고자 합니다.

그래 보았자 물질을 탐구하는 것에 지나지 않습니다.

모든 자연과학은 물질을 탐구합니다.

물질에서 벗어난 자연과학은 없습니다.

이렇게 본다면 과학은 유물론이 됩니다.

유물론하면 부처님 당시 육사외도 스승 중의 하나인

아지따 께싸깜발린이 생각납니다.

그는 모든 것을 유물론으로 환원했습니다.

정신도 물질에서 나온 것이라고 했습니다.

그래서 몸이 무너지면 정신도 무너져서

아무것도 남는 것이 없다고 했습니다.

이는 단멸론이고 허무주의입니다.

물질을 탐구하는 과학은 유물론이 될 수밖에 없습니다.

이는 마음을 탐구하는 불교와 영역이 다른 것입니다.

그런데도 일부 불교인들은 '불교는 과학이다'라고 말합니다.

부처님 가르침과 전혀 맞지 않습니다.'

두 분의 글을 보니 시인과 불교학자 같은 느낌이 든다.

나는 시인도, 불교학자도 아닌 그냥 소설가인 것 같다.

서른부터 다가온 반야심경의 행복

공空이다,
놓아버려라

나는 벽록檗綠이란 호를 이름 앞에 붙이곤 한다.
황벽선사의 묘탑을 참배한 뒤, 선물처럼 생긴 호이다.
호를 받은 뒤부터는 황벽선사의 경책 같은 게송이
불현듯 아무 곳에서나 차갑게 어른댈 때가 있다.
이마에 찬물을 흩뿌리듯 나를 정신 나게 하는
커다란 몽둥이 같은 장군죽비의 게송이 아닌가 싶다.

번뇌 놓아버리는 것 예삿일 아니나니
고삐를 단단히 잡고 한바탕 공부하라
한 번도 추위가 뼈에 사무치지 않았는데
어찌 매화가 코를 찌르는 향기 얻으리오.

향기를 숨기지 않는 매화의 당당함이여!
이불재 청매 꽃 사진을 지인들에게 보여주고 있지만
향기까지는 내 실력으로 담아내지 못하고 있다.
그러나 자기공부가 된 지인들 중에는
향기가 예쁘다고 말할 수 있는 사람이 있을지 모르겠다.

나는 내 책에 사인을 해줄 때 손님이
'한 말씀'을 부탁해 오면 대개 네 가지 중에서
손님의 처지를 보아 하나를 선택해 써준다.
첫 번째가 일일시호일日日是好日,
두 번째가 신득급信得及,
세 번째가 평상심시도平常心是道
네 번째가 방하착放下着이다.

다 알다시피 '일일시호일'은 운문선사가 대중들에게
"나는 보름날의 달이 둥글기 전의 일은 묻지 않겠다.
단지 보름 후만 묻겠다. 한 마디씩 하라."고 말하자
대중들이 아무도 대답을 못했다. 그러자 선사가 대신 말했다.
"날마다 좋은 날이다日日是好日."

두 번째 신득급信得及은 〈화엄경〉에 나온 말씀이다.

믿으면 성취를 얻는다는 뜻이다.

가족이 잘 되기를 바라는 중년 가장에게,

당선을 위해 뛰는 지방정치인에게 '신득급'을 써준 일이 있다.

세 번째 평상심시도平常心是道는 남전선사의 말씀으로

한 생각 일으키기 전 본래의 청정한 마음이 도道라는 뜻이다.

번뇌 망상으로 일으킨 생각은 본래의 길을 버리고

자꾸 옆길로 새듯 또 다른 번뇌 망상을 일으킬 뿐인 것이다.

네 번째의 방하착放下着은 아주 바쁜 사람이나

뭔가 지독하게 집착하고 있는 듯한 사람에게

써주곤 하는 '내려놓다'라는 뜻의 선어禪語다.

승진을 앞두고 스트레스가 심한 어느 공무원이

내 산방을 찾아왔을 때도 나는 '방하착'을 써주었다.

그 공무원은 몇 년 전 어떤 사건에 휘말려 자신의 능력과

상관없이 승진대상에서 밀리곤 했던 분이었다.

본의 아니게 관청에 손해를 끼쳤기 때문이었다.

그 공무원은 모든 것을 다 포기한 채 근무한다고 말하지만

마음속의 분노와 원망까지는 내려놓지 못하는 듯했다.

또 한 분은 일에만 매달려 앞만 보고 달리는 사업가였다.

어찌 보면 '일중독증' 환자 같기도 했다.

핵심은 '놓아버려라(放下着)'이다.
무언가 얻으려 하고, 성취하려고 하는
집착으로부터 벗어나라는 말이다.
그러면 바로 해답이 보일 것이라는 말씀이다.

일이 그 사업가의 주인이 되고 그는 일의 노예가 돼버린 듯했다.

나는 승진 때문에 괴로워하는 공무원과 차를 한 잔 하면서
'방하착'에 대해 내 지식을 동원해서 얘기해 주었다.
방하착은 선종사서의 통사通史인 〈오등회원五燈會元〉 세존장에
흑씨범지黑氏范志가 오동꽃을 세존에게 공양했을 때 세존이
범지를 불러 '방하착하라'고 말씀하신 데서 유래했다고 전해진다.

공안집 〈종용록〉 제57칙인 '엄양의 한 물건嚴陽一物'에도
방하착이란 말이 나온다.
엄양이 조주선사를 찾아가 다음과 같이 물었다.
"한 물건도 가지고 오지 않았을 때는 어찌 합니까?"
이에 조주선사가 말했다.
"놓아버려라."
그러자 엄양이 다시 물었다.
"한 물건도 가지고 오지 않았는데 놓아버릴 것이 무엇입니까?"
"그렇다면 다시 지고 가라."
이 선문답의 핵심은 '놓아버려라(放下着)'이다.
무언가 얻으려 하고, 성취하려고 하는
집착으로부터 벗어나라는 말이다.
그러면 바로 해답이 보일 것이라는 말씀이다.

실체가 없는 공空이야말로 그 해답이 아닐까 싶다.

왜 공空이 심리적인 처방전이 되는지는
앞으로 기회가 되는 대로 내 나름대로 설명하려고 한다.
공空을 안다는 것은 불교를 안다고 해도 과언이 아닐 터.
인과를 믿고, 믿지 않음이 불자의 기준이 되듯이.

요즘 들어 앞산 뒷산에서 뻐꾸기 소리가 자주 들린다.
법정스님은 '영혼의 모음'이라지만 나에게는 다르게 다가온다.
그리움의 소리가 아니라 실존하는 나를 다그치는 소리 같다.
아침저녁으로 들려오는 뻐꾸기 소리에 귀 기울이면
나는 누구인지, 듣는 나는 누구인지 스스로 묻게 된다.
뻐꾸기 소리가 나의 삶을 되돌아보도록 아프게 경책한다.
너의 시작은 어디였고, 너의 끝은 어디까지인가?

무無로 '놓아버리기'를 깨닫는다

오늘의 목련은 꽃이 아니라 가지에 앉은 흰 새 같다.
파란 하늘 때문이다. 목련꽃이 백척간두에 피어 있다.
어디론가 날아갈 것 같은 모습이다. 실제는 낙화이리라.
하루를 견디기 힘든 사람처럼 비상과 추락의 경계선상에
자리하고 있는 것 같아 사뭇 긴장감이 감돌기도 하지만
그래도 오늘의 목련꽃이여, 백척간두에서 진일보하라.
뒤돌아보지 않고 떠난 그 자리에 생살이 돋듯
너를 기억하는 새 이파리가 찬란하게 피어나리니!

사업가는 내 말에 감동을 받은 것 같았다.
자신은 지금까지 '사회에 가치 있는 일'을 해왔고,
'사회에 쓸모 있는 인간'으로 대접받고 있다고 자부했는데,

뒤집어보니 일에 대한 집착의 노예였음을 느끼는 것 같았다.
내가 다음 달 중국 선종사찰 순례를 떠난다고 하자,
사업가도 만사를 젖혀놓고서라도 동행하겠다고 말했다.
사업가가 자신의 일을 직원들에게 맡겨놓고
부부가 미련 없이 떠난다는 얘기는 뜻밖이었다.
말하자면 자신의 일상을 방하착하겠다는 것이었다.

결국 나는 사업가 부부와 중국 숭산의 초조 달마대사가
수행한 동굴부터 육조 혜능대사가 교화를 편 남화선사까지
선종사찰 순례를 다녀왔는데, 사업가 부부는
진정으로 자기 자신을 되돌아볼 수 있는 기회였다며
행복해 하는 것을 지켜 볼 수 있었다.

방하착이란 것도 사실은 공空의 실천이 아닐까 싶다.
〈반야심경〉에서 부처님이 말씀하시는 무무명無無明
역무무명진亦無無明盡 내지乃至 무노사無老死
역무노사진亦無老死盡 무고집멸도無苦集滅道
무지역무득無智亦無得도 공성의 진리를 드러낸 것인데,
우리는 우리가 만들어놓은 그 반대의 허상에
집착하고 있으니 인생이 고달픈 중생인 것이다.

서른부터 다가온 반야심경의 행복

부처님이 〈반야심경〉에서 무無자를 나열하며
거듭거듭 공성을 얘기하는 것은 '허상을 놓아버리라'는
방하착의 지혜를 깨닫게 해주기 위해 그러는 것 같기도 하다.

그러나 희망이 없는 것은 아니다. 방하착하는 결단만 있으면
공성의 삶으로 돌아갈 수 있기 때문이다.
그러니 〈반야심경〉은 중생들의 희망가라고도 할 수 있다.
방하착이란 공성으로 돌아가는 실천행이고.

사변적인 설명이 되다보니 헷갈려 하는 분들이 있을 것이다.
나도 처음에는 그랬다. 그러나 '한 생각 일으킨 세상'과
'한 생각을 일으키기 전의 세상'의 차이만 알면 어렵지 않다.
번뇌 망상이라고 할 수 있는 한 생각을 일으킨다는 것은
본래 청정한 마음에 때를 묻히는 것과 같기 때문이다.
방하착이란 일으킨 한 생각을 놓아버리자는 것과 다름 아니다.
무슨 얘기인가 하면 실제로 있었던 실화이다.

어떤 아주머니가 점집을 다녀와서는
'내년 모월 모일에 반드시 죽을 운이 끼었다'며
근심걱정하면서 만사를 제쳐놓고 방에 드러누웠다.
무속인이 시키는 대로 굿을 해도 마음이 불안했다.
아주머니는 스님에게 "제발 살려주십시오." 하고 하소연했다.
그러자 스님은 시키는 대로만 하면 살려주겠다고 약속했다.
스님 처방은 '내년 모월 모일에 죽는다는 그 생각을 놓아버리라'였다.
허상을 만들어 놓고 왜 그 허상에 사로잡혀 있냐는 것이

서른부터 다가온 반야심경의 행복

아주머니를 측은하게 여긴 스님의 경책이었다.

스님의 말씀을 듣고 나서는 죽을 것이라는 생각으로부터 벗어난
아주머니는 건강을 되찾고 신심 있는 신도가 되었음은 물론이다.
그러고 보면 부처님이 〈반야심경〉에서 무無자를 나열하며
거듭거듭 공성을 애기하는 것은 '허상을 놓아버리라'는
방하착의 지혜를 깨닫게 해주기 위해 그러는 것 같기도 하다.

집착하지 않는 순간에
지혜가 나온다

몇 해 전에 경험한 일이다.

내 산방을 자주 찾아오는 농부가 있는데,

아무리 공부를 해도 〈반야심경〉이 어렵다고 하소연을 한다.

떡방앗간 주인이기도 한 그는 나에게 2년 정도 꾸준하게

불교공부를 했던 쌍봉사 청년회 총무다.

나는 가끔 불법에 관심을 갖기 시작한 재가불자들이

왜 〈반야심경〉을 어려워하는지 스스로 헤아려보곤 한다.

〈반야심경〉의 도리를 체득하기 위한 방편으로

수천 번 외운다고 해서 결코 해결되는 문제는 아닌 것 같다.

나는 내 수행과 공부가 부족하지 않은지 먼저 의심을 해본다.

깨달음을 얻지 못한 나 또한 중생이니 혐의는 충분하다.

내 공부가 완숙하지 못했기 때문에 〈반야심경〉의 지혜를
그들의 손에 쥐어주지 못하고 있는 것이다.
지금도 마찬가지지만 내 직관이나 판단을 접고
학자들이 펴낸 〈반야심경〉 해설서에
의지해 보기도 하는데 그 역시 쉽지 않다.
너무 심오하고 난해하여 해설을 그대로 외워서 전하지만
듣는 이들이 고개를 갸웃거릴 때가 많다.
외운다는 것은 언젠가 잊어버리기 마련이다.
그것은 남의 지식일 뿐 내가 얻어낸 지혜가 아니므로
살아 있는 활구活句가 아니라 죽어 있는 사구死句일 뿐이다.

결국 농부들에게는 언어의 문제로 돌아오고 만다.
〈반야심경〉으로 가는 길목이라도 알려주기 위해서는
생활언어로 바꾸어 주어야만 가능하지 않을까 싶은 것이다.
더구나 글을 밥 삼아 쓰는 전업 작가이기 때문에
언어문제가 더욱 예민하게 느껴지는지도 모르겠다.

이무소득고 보리살타 의반야바라밀다고 심무가애
以無所得故 菩提薩埵 依般若波羅密多故 心無가碍

〈반야심경〉의 이 구절도 질문을 많이 받는 문장 중 하나이다.

"보리살타가 범어의 보디사트바의 음역音譯이고

줄여서 보살인 줄은 알겠습니다.

그런데 왜 얻는 바가 없어야 보살이 되는 것입니까?

얻는 바가 없어야 보살이 된다면 우리 같은 사람들은

아무리 절에 다녀도 보살이 될 수 없는 거 아닙니까?"

초보자인데도 이 정도 질문이면 농사짓는 농부라고 해서

대충 설명해주다가는 스스로 찜찜해서 내내 개운치가 않다.

"얻는 바가 없으므로 보살은…"

하고 설명해가면 당장 날카로운 질문을 던지는 것이다.

"무엇을 얻지 않으면 보살이 되는 겁니까?"

이쯤에서 나는 아하! 하고 무릎을 친다.

직역을 하지 말고 의역을 해보면 어떨까 싶은 것이다.

'얻는다'를 '집착하다'로, '보살'을 '대자유인'으로 바꾸어 해석해 본다.

"집착하는 바가 없으므로 대자유인은…"

드디어 내게 물어왔던 농부의 눈이 반짝이기 시작하고,

나 역시도 가슴이 시원해짐을 느끼지 않을 수 없다.

앞에서도 말했지만 해결의 열쇠는 언어가 쥐고 있다.

낯익은 언어로 바꾸지 않으면, 생활언어로 바꾸지 않으면

결코 〈반야심경〉의 지혜에 다가설 수 없는 것이다.

요즘 시골 농부들의 평균학력은 고졸 이상이다.

법문하는 스님 분들이 언어에 조금만 신경을 쓰면
불법의 세계로 쉽게 인도할 수 있는 수준일 터이다.
"집착하는 바가 없는 대자유인은
지혜와 하나 된 까닭으로 마음에 걸림이 없고..."

물론 진리의 길목을 가르쳐주기 위한 방편으로
의역한 문장이지만 효과는 제법 크다. 농부들이 미소 짓는다.
한자로 된 〈반야심경〉의 뜻이 무엇인지 조금은 알겠다며
집착을 버리는 습관을 들이겠다고 말한 사람도 있다.
공의 도리가 뭔지 모르더라도 집착을 놓아버리는 습관만
들인다면 누구나 조금은 지혜로워지지 않을까 싶다.

내 경우도 소설을 구상하거나 소설 제목을 정하는데
마음에 들지 않으면 미뤄두고 답이 나올 때까지 기다린다.
예전에는 만족스러울 때까지 물고 늘어졌는데
나이가 들면서 태도를 바꾸었다. 인연도 시절이 있음을 알았다.
몇 해 전에 발간한 〈소설 무소유〉도 마찬가지였다.
법정스님을 모셨던 명문대학을 나온 상좌스님 중 한 분은
〈소설 무소유〉가 너무 친숙하다며 좀 더 신선한 제목을
붙일 수 없는가 하고 감수를 하면서 아쉬워했다.
낯익음보다는 창의적인 독창성을 요구했다.

그러나 나는 가능성을 열어놓은 채 서두르지 않았다.

어떤 생각에도 집착하지 않고 기다렸다.

그래도 〈반야심경〉의 '무소득無所得'과 동의어가 될 수 있는

'무소유'가 끝내 내 머리와 가슴을 떠나지 않았다.

하루 중 무언가의 집착에서 나도 모르게 벗어난 시각은

심연 같은 깊은 잠에서 막 깨어난 새벽이 아닌가 싶다.

무언가에 집착케 하는 요지부동의 통념과 편견의 의식들이

잠이라는 것을 통해서 무장해제 된 시각인 것이다.

그 순간이 무한한 가능성으로 충만한 시각이 아닐까.

다른 사람들에게도 자신 있게 권유하고 싶은데,

나는 그 순간의 명료한 의식들을 사랑하고 신뢰한다.

〈소설 무소유〉가 실제로 시작된 계기도 그날 새벽에

눈을 뜨자마자 내 의식 하나가 나를 격동시켰다.

아침햇살처럼 투명한 내 의식 하나가 법정스님의 고향인

해남 우수영으로 가라고 나에게 소리쳤던 것이다.

밤중에 집 앞의 소나무들을 보니 평소와 달리 다가온다.

관세음보살 같기도 하고, 이불재의 신장님 같기도 하다.

예전에도 느낀 바가 있었지만 오늘 보니 무언가 알겠다.

하루 중 무언가의 집착에서 나도 모르게 벗어난 시각은
심연 같은 깊은 잠에서 막 깨어난 새벽이 아닌가 싶다.
무언가에 집착케 하는 요지부동의 통념과 편견의 의식들이
잠이라는 것을 통해서 무장해제 된 시각인 것이다.

내 곁의 것들이 나를 위해 존재하는 관세음보살일지 모르니
허투루 보지 않고 귀하게 가꾸고 보살펴야겠다.
소나무들이 있다는 사실에 나 혼자 감격해 마지않는다.
땅바닥 소나무 그림자가 청송의 영혼처럼 그윽하기만 하다.
소나무들은 누워서도 이불재를 외호하고 있지 않은가!
고마운 마음이 절로 들어 소나무들에게 합장해 본다.

서른부터 다가온 반야심경의 행복

작가에게 전도몽상이란
무엇인가?

세상에는 증오와 폭력과 조롱 등만 있는 것이 아니다.

그것들의 맹독猛毒을 씻겨주는 고마운 존재들이 많다.

삿된 것들을 해독시키는 꽃도 그중에 하나이다.

그러므로 꽃은 칼보다 강하다고 할 수 있다.

강하기 때문에 변함없이 아름답다고 할 수 있다.

아름다움의 궁극은 강함이 아닐까.

나는 이불재의 진달래와 청매 꽃들에게서 강함을 본다.

세계 4대 성자로 불렸던 틱낫한 스님은

꽃을 보고 미소 짓는 순간에는 누구나 붓다라고 말했다.

붓다가 되게 하는 꽃이 얼마나 강한지,

꽃의 힘을 사유한 틱낫한 스님의 말씀은 지당하다.

원리전도몽상 구경열반遠離顚倒夢想 究竟涅槃.

직역하면 '전도몽상 하지 않는다면 열반에 이른다.'는 뜻이다.

전도몽상이란 거꾸로 생각하고 꿈을 현실로 착각하는 것이다.

〈반야심경〉의 결론 부분으로 전도몽상의 반대말은

팔정도 가운데 정견正見이 아닐까 싶다.

정견의 삶을 순간순간 순일하게 지속한다면

그 자체가 전도몽상이 사라진 해탈이 되기 때문이다.

이와 같은 부처님 말씀은 소설가에게는

푸른 하늘에서 뜬금없이 떨어지는 날벼락과 같다.

소설가란 다분히 몽상가적 기질이 강한 사람이다.

전도몽상의 전문가를 소설가라고 할 수 있다.

소설이란 등장인물들 간에 시비와 갈등의 이야기다.

시비와 갈등구조가 없다면 소설은 존재할 수가 없는 것이다.

전도몽상은 소설 속에서, 혹은 현실 속에서

인생을 슬프고도 아름답게 하는 가치가 있다.

측은하고 애처로운 마음을 불러일으키게 한다.

헤아릴 수 없는 인연의 고리와 윤회의 업을 반추하게 한다.

깊이를 알 수 없으므로 인생은 불가해한 무늬를 갖는 것이다.

〈반야심경〉의 결론 부분으로 전도몽상의 반대말은
팔정도 가운데 정견正見이 아닐까 싶다.
정견의 삶을 순간순간 순일하게 지속한다면
그 자체가 전도몽상이 사라진 해탈이 되기 때문이다.

그런 의미에서 전도몽상은 정견과 동등한 가치를 갖는다.

말도 안 되는 비약이다. 그런 생각 자체가 전도몽상이다.

그런데 진흙탕에서 연꽃이 피어나는 도리가 있다.

번뇌와 보리가 하나라는 불이不二의 문법도 있다.

이것을 서양철학에서는 등가물等價物이라고 한다.

작가에게 혹은 소설에서 언어란 무엇일까?

핑계이겠지만 나는 언어를 연구하는 학자가 아니기에

굳이 지금까지 단 한 번도 깊이 생각해 보지 않았던 것 같다.

그런데 왜, 오늘 아침에 나에게 있어서 언어란 무엇인지

의혹이 불쑥 일어나 곰곰이 사유하는지 모르겠다.

나에게 언어란 작품을 완성하는 도구로써의 언어를 말한다.

혹은 그럴 때 언어를 대하는 나의 태도를 말하기도 한다.

습작기를 떠올려보니 그때의 언어는 내 정신을 표현하는

제의적인 느낌마저 드는 도구였던 것 같다.

그래서인지 그때는 언어를 대할 때 몹시 엄정, 엄중, 엄숙했고

내 자신이 흐트러지지 않으려고 애썼던 듯하다.

글을 쓰기 전에는 두 손을 반드시 씻었다.

그러니까 그때의 언어는 내 나름 지향하는 정신세계이자

철학이자 도덕적인 것까지도 내포됐던 것 같다.

글로 이름을 파는 매명, 광고 같은 행위는 상상할 수 없었다.

오늘의 나는 어떤가? 그때의 그림자가 얹혀 있기는 하지만
그때로 돌아갈 수 없을 만큼 많이 지나쳐와버린 것 같다.
내 작품을 공개된 장소에서, 오프라인이든 온라인이든
염치없이 자랑하는 짓을 서슴지 않았던 것이다.
또 누군가가 그렇게 해주면 공범자처럼 방조해주었다.
물론 영리를 추구하는 출판사는 생존을 위해서,
혹은 불특정한 대중을 상대로 과대포장 내지는
선동적인 홍보행위는 어쩔 수 없었을 것이다.

작가로서 염치를 버리면 격조와는 거리가 먼 막장으로 간다.
지금 내가 그쯤에 서 있는지도 몰라 소름이 오싹 돋는다.
다른 작가들의 몰염치를 보면서 혀를 쯧쯧 찼으면서도
내 몰염치는 망각하기도 하고 방관해버린 것이다.
언어가 나를 구속한다고 느낄 때는 놓아버리고 살 생각이지만
왜 이제야 되돌아보는지 한심하기도 하다.
60을 넘고 70에 도달했으니 늦어도 많이 늦었다.

그러나 오늘 아침의 이 불온한 의혹이 행운이란 생각도 든다.
불가의 불이문법을 빌리자면 번뇌가 보리다.

돌아가자. 산죽 이파리처럼 닿으면 살이 베일 것처럼
날카롭던 그 풋풋한 시절로 정신만이라도 돌아가자.
달빛과 이슬이 내리던 눈부신 영혼의 뜰로 돌아가자.
몸을 곧 던질 것처럼 보여 더 영롱해진 풀잎 끝의 이슬처럼 살자.
몇몇의 동업자끼리라도 염치를 탁마하면서 살자.
이것이 작가로서 언어에 대한 최소한의 예의가 아니겠는가!

서른부터 다가온 반야심경의 행복

＜반야심경＞은
업장을 소멸하는 노래

부정적인 사람은 뇌가 더 빨리 쪼그라든다고 한다.

이 말은 뇌기능의 퇴화나 뇌세포의 단명을 의미할 것이다.

나는 매우 낙관적인 사람이므로 걱정하지 않는다.

다만 내 자신에게 회의하거나 경계의 죽비를 들 때가 있으므로

온전히 낙관적인 사람이라고 할 수는 없을 것 같다.

오늘도 나는 '할 얘기가 이것뿐인가?'라는 생각에 사로잡힌다.

침잠이 얼마나 고귀한 것인지를 깨닫는 새벽이다.

침묵은 입만 닫는 것이지만 침잠은 몸과 마음을 다 닫는 것이다.

나는 슬프고도 아름다운 이야기를 하나 떠올려 본다.

이야기는 십수 년 전으로 거슬러 올라간다.

계룡산 동학사에서 비구니 주지스님에게 들은 이야기다.

"강원을 졸업한 후 계룡산 용화사에 머물던 26세 때의 일입니다.

부산에 사는 총각이 집에서 반대하는 처녀를 데리고 와

느닷없이 결혼주례를 서달라고 해요.

당시 용화사에는 어른스님이 없었지요.

결혼을 꼭 하고 싶었던지 젊은 나에게 부탁한 것이지요."

그때 스님은 불단에 찬물만 올리고 두 사람에게 이렇게 말했단다.

"이렇게 빈손으로 결혼식을 올리듯이 늘 빈손으로

돌아갈 수 있도록 부처님께 기도하며 사십시오."

짧은 당부를 하고는 두 사람에게 염주를 하나씩 선물했다고 한다.

부모는 젊은 그들이 현실을 보지 못하고

이상에 빠져 있다고 극구 반대했을 것이다.

전도몽상에 빠진 그들을 바른 길로 나서도록 반대했을 터이다.

이후 20년이 흐른 후, 스님은 인도성지를 순례하게 되었다.

부처님이 처음으로 설법했던 녹야원을 들렀을 때였다.

스님이 다메크 대탑 앞에서 축원을 올리고 있는데,

수염을 기른 한 수행자가 찾아와서 말했다.

"용화사 스님이 아니십니까?"

바로 20여 년 전에 주례를 서준 그 부산 청년이었다.

어찌하여 출가했는지 알 길은 없었지만

여름의 문턱에 선 나무들이 신록에서 갈맷빛으로 변해가고 있다.
꾀꼬리 울음소리가 앞산 참나무 숲에서 처연하게 들려오고 있다.
인생을 낭비하지 말라고 나의 이마에 찬물을 끼얹고 있는 듯하다.

그 수행자가 스님을 위해 공양을 하겠다고 제의했다.

"제가 음성공양을 올리겠습니다."

수행자는 인도말로 〈반야심경〉을 독송하였다.

순간, 스님은 단순한 〈반야심경〉의 독송이 아니라

업장을 소멸하는 깊이를 알 수 없는 마음의 노래로 들렸다.

업장이 한순간에 녹아내리는 것 같아 눈물을 흘렸다.

'부인은 어디다 두었을까?' 하는 생각도 주마등처럼 스쳤다.

"다메크 대탑을 참배한 사람들이 그에게 보시한 돈을

녹야원을 떠나려고 하는 저에게 주더군요.

그래서 저는 그 돈을 다시 대탑의 불단에 보시하고 왔지요.

그가 부르는 마음의 노래야말로 내게 최고의 선물이었으니까요."

이야기는 여기서 끝나지 않는다.

나와도 참으로 놀라운 인연의 고리가 이어진다.

어느 날 내게 캐나다의 한 절에서 국제전화가 걸려왔다.

수화기 속의 목소리는 그 수행자의 부인이었다.

보살은 수행자를 간병하고 있는 모양이었다.

나는 용화사 스님 얘기를 내 어느 책에선가 조금 했는데,

바로 그 책을 보고 전화를 한 것이었다.

보살은 수행자의 편력이 담긴 자료와 사진들을 한 박스나 보내왔다.

소설을 집필하는데 도움이 될까 싶어서였다.

사진들을 보는 순간 나는 깜짝 놀라고 말았다.
대학시절 방학 때 쌍봉사에서 내게 호의를 베풀었던,
그러나 지금은 이 세상에 없는 비구스님의 사진을 보았던 것이다.
어느 날 보살로부터 다시 국제전화가 와서
그 수행자와 쌍봉사 비구스님의 관계를 물었더니
쌍봉사 스님이 결혼 전에 애인이 되게 해준 분이라고 고백했다.

통영이 고향인 그 수행자의 자료와 사진들은 내 산방 서재에 있다.
업의 단층에 투사된 화석 같은 자료들인데, 어느 새 나도 그 사연과
인연을 맺고 있으니 새삼 놀라운 일이 아닐 수 없다.
전도몽상이 깊지 않다면 어떻게 이러한 인연의 고리가
얽히고설키어 이다지도 끈질기게 이어지겠는가.
그래서 소설가인 나는 비록 중생의 전도몽상 하는 삶을 살지만
오히려 초여름의 녹우綠雨 같은 인연과 영혼을 느끼면서
푸른 숲 그늘 속에서 인생이 무엇인지 상념에 잠겨 있는 것이다.

여름의 문턱에 선 나무들이 신록에서 갈맷빛으로 변해가고 있다.
꾀꼬리 울음소리가 앞산 참나무 숲에서 처연하게 들려오고 있다.
인생을 낭비하지 말라고 나의 이마에 찬물을 끼얹고 있는 듯하다.

공^空은 천 개의 연꽃잎이 열리는 것

사립문 대나무를 바꾸었다.

5년에 한 번씩 치르는 작업이다.

작업할 때마다 나는 노동의 신성함을 느낀다.

다산 정약용이 왜 텃밭을 일구며 채소를 가꿨는지 이해가 된다.

빼어난 글을 읽고 고상한 말을 들을 때와

전혀 다른 땀의 가치를 절감하는 것이다.

내 글도 궁극에는 신성한 노동의 무게와 같았으면 좋겠다.

산중농부 마을 노인이 새 대나무를 베어 와서

나와 함께 작업하곤 했는데, 마을 노인도 어느 새 85세다.

그러니까 마을 노인이 80세에 작업한 썩어가는

헌 대나무를 빼내고 오늘 푸른 대나무로 짱짱하게 바꾼 것이다.

마을 노인께 내가 다음에 오실 때는 90세입니다.

앞으로 3번만 오시면 100세가 되시겠습니다, 라고 말하자

어이없다는 표정을 지으면서도 기분은 좋으신 듯 웃으신다.

철제대문을 설치하지 않고 굳이 사립문을 고집하는 것은

나의 산방 이불재를 찾아오는 손님들 때문이다.

손님들은 어린 시절 보았던 문이라면서 기념사진을 찍는다.

그런 이유로 사립문 앞은 포토 존이 돼버렸다.

이제 대나무로 엮은 사립문은 내 소유가 아니라

손님들이 향수에 젖는 추억의 공동소유물이 된 듯하다.

불교로 개종한 손님이 내 산방을 찾아온 적이 있다.

대나무 사립문을 들어선 그분의 첫 질문은 "불교를 알고 싶은데

무슨 경전을 읽어보는 것이 좋겠느냐?"는 것이었다.

그런 질문을 받을 때마다 나는 난감해진다.

불교뿐만 아니라 타종교도 비슷할 테지만

종교는 지식보다는 체험으로 접근하는 것이 지름길이다.

그래도 그분은 뭘 알아야 믿을 수 있는 것이 아니냐고 한다.

경전이나 경전해설서 등을 소개해 달라고 부탁한다.

물론 아는 만큼 보인다는 금언이 있다.

가톨릭에서는 일정기간을 학습해야 정식신자가 된다고 한다.

불교에서는 삼귀오계三歸五戒를 다짐하는 순간 불자가 된다.
지식보다는 마음의 발원을 중요시하기 때문이다.
첫 마음이 곧 부처마음初發心時便正覺이란 말처럼 초발심에서
바로 깨달음으로 수직상승하는 것이 불교 논리이기도 하다.

할 수 없이 나는 〈반야심경〉을 추천할 때가 많다.
한문으로 된 〈반야심경〉과 산스크리트어로 된 〈반야심경〉을
한글로 번역한 것을 비교하면서 보라고 한다.
그런데 문제는 누구의 〈반야심경〉 해설서를 추천하느냐가
정말 나를 곤혹스럽게 만든다. 나를 망설이게 하는 이유는
틀린 해설서나 주해서 등이 넘쳐나서가 결코 아니다.
〈반야심경〉을 공부해 본 사람이라면 곧 인정하겠지만
하나같이 나름대로의 깊이와 독창성을 인정하지 않을 수 없다.
그런데도 초보자들에게 추천하기가 망설여지는 까닭은
그 책들이 너무 심오하고 전문적이기 때문이다.
적절한 비유인지 모르겠지만 한 그루의 낯선 나무가 있다고 하자.
초보자는 그 낯선 나무의 이름과 특성 정도가 궁금할 뿐인데,
식물학자는 자신의 평생 연구 성과를 장황하게 설명하려고 드니
초보자에게는 소화불량이 되고 마는 것이다.
결과적으로 식물학자는 초보자에게 살아 있는 낯선 나무의 실체를
추상적인 존재로 불분명하게 해체해 버린 셈이다.

서른부터 다가온 반야심경의 행복

〈반야심경〉을 풀이한 수십 권의 해설서들도 마찬가지다.

〈반야심경〉의 지혜를 생동감 있고 일상적인 생활언어로

마치 친구와 정답게 이야기하듯 전달하는 해설서들도 있지만,

오히려 지혜를 얻고자 하는 초보자들에게 〈반야심경〉과 멀어지게

하는 해설서들도 많은 게 사실이다.

"해설서를 읽었는데도 모르겠습니다.

그 〈반야심경〉해설서에서는 〈반야심경〉 요지를 못 찾겠습니다."

그래서 나는 석지현 스님의 진단을 여기에 소개할 수밖에 없다.

석지현 스님은 라즈니쉬가 강의한 〈반야심경〉을 번역한 책에서

다음과 같이 토로하고 있는 것이다.

'우리나라에서 출간되고 있는 불교서적들은

그 대부분이 추상적이며 너무 딱딱하다.

한낱 구름 잡는 이야기의 지루한 연속이다.

여기에 한자어의 애매모호함이 겹치게 되면

불교에 대한 한 가닥 흥미마저 잃어버리게 된다.

불교서적들은 너무 어려워 못 읽겠다는 것이 일반적인 평이다.

왜,

왜 그럴까.

영혼의 절정에서 나오는 소리가 왜 이렇게 녹슬어 버렸는가.

그 새벽의 소리가 왜 이토록 늙어 버렸는가.

그것은 결코 경전 자체에 문제점이 있는 게 아니다.

대신 그 경전을 언어로 해석해 내는데 문제점이 있는 것이다.

본질의 문제가 아니라 어디까지나 해석의 문제인 것이다.

제 아무리 값진 보석도 보석을 다룰 줄 모르는

돌팔이의 손에 잡히게 되면 아, 아, 빛을 잃어버리게 된다(하략).'

석지현 스님은 부처님 말씀을

'영혼의 절정에서 나오는 소리'라고 비유하고 있다.

시인만이 할 수 있는 직관적인 해석이다.

비유로서 본질에 가 닿아 있는 정의이다.

〈반야심경〉을 불교를 아는 시인들에게 시를 짓게 하면 어떨까.

시인은 설명하는 사람이 아니라 자신의 직관으로서

마음과 마음을 닿게 하는 이심전심의 전문가들이기 때문이다.

영혼의 차원에서 다가오는 소리를 어떻게 설명할 수 있겠는가.

마음과 마음이 맞닿으면 이미 설명은 끝나버린 것이다.

선사가 법상에서 주장자를 한번 쿵! 하고 쳤을 때

법문은 이미 끝나버린 것과 같은 이치다.

라즈니쉬는 말한다.

'공空은 피안의 향기다.

공은 우리의 가슴이 초월을 향해 열리도록 한다.

'공空은 피안의 향기다.
공은 우리의 가슴이 초월을 향해 열리도록 한다.
공은 천 개의 연꽃잎이 열리는 것이다.
공은 인간의 운명 전체이다.

공은 천 개의 연꽃잎이 열리는 것이다.

공은 인간의 운명 전체이다. 공의 향기로 가득 찰 때,

그의 내면이 공의 방향芳香으로 넘칠 때,

공이 그의 전체에 스며들 때,

그리하여 그의 자신이 순수한 하늘(허공)일 때,

인간은 비로소 완전하게 된다.'

그는 온갖 지식을 버리고 공空 속에 거주하라고 주장한다.

타성과 편견을 벗어나는 사고의 대전환을 요구한다.

사고의 대전환이란 물리적 변화가 아니라 화학적 변화를 말한다.

그것이 바로 영원한 행복의 길이라고 말하고 있다.

오스트리아 수도 빈에서 2주간 머무는 동안

슈베르트 생가를 찾아가는 중에 불구가게를 발견한 적이 있다.

가게를 들어서는 순간 내 눈을 강렬하게 사로잡은 불상을 보고

나는 망설이지 않고 지갑을 열었다.

여주인은 히잡을 머리에 두른 무슬림이었는데

불구가게를 한다는 것이 이색적이었고 조금은 의아했다.

알아보니 빈에서는 불상을 가정에 들이는 게 유행이었다.

피를 흘리는 예수상보다 미소 짓는 부처상을 보면

마음이 더 편해진다는 것이 빈 시민들이 말하는 이유였다.

서른부터 다가온 반야심경의 행복

또 부처님은 인류의 스승인데 거리낄 것이 없다고 말했다.

한국의 속 좁은 종교인들이 새겨들었으면 좋을 것 같은

대부분 천주교 신자인 빈 사람들의 당당한 발언이었다.

내가 묵은 숙소 거실에도 커다란 관세음보살상이 있었는데

주인은 성당의 꽃꽂이를 담당하는 신심이 깊은 천주교 신자였다.

꽃은 비바람에 피었다가 비바람에 스러진다.

이틀간의 봄비로 자두나무꽃과 벚꽃이 맹렬하게 낙화한 상태다.

꽃잎이 저버린 휑한 자두나무와 벚나무를 무심코 본다.

색불이공공불이색色不異空空不異色,

색즉시공공즉시색色卽是空空卽是色이다.

머뭇거리지 않고 미련 없이 바람결에 사라지는 꽃잎에서

흔들리는 봄날의 나무들에게서 또 다른 열정이 보인다.

치열한 삶이 내게 다가온다. 공空은 천 개의 색色을 준비하고 있다.

아제아제 바라아제는
인생찬가

상생과 조화의 아름다움이라고나 할까.

빛깔이 다양하게 어우러진 이불재 풍경이다.

자줏빛, 연분홍빛, 진홍빛, 하얀빛, 신록빛, 초록빛, 갈맷빛 등등

빛깔만 해도 서로 튀지 않고 조화를 이루며 상생하듯

자기 자리에서 자기 몫을 다하고 있다.

사람 사는 도리가 5월 하순, 이불재 풍경이 이뤄낸

아름다움 속에도 깃들어 있는 것 같아 단상을 남긴다.

꽃은 꽃봉오리가 개화할 때, 가장 순결하고 우아한 것 같다.

경봉 노스님께서는 진리의 법문은 그냥 듣기만 해도

어느 땐가는 깨달음의 꽃이 된다고 말씀했다.

나는 이불재 마당에서 무심코 꽃을 보는 버릇이 있다.

서른부터 다가온 반야심경의 행복

내가 보았던 꽃이 내 속뜰에 다시 필 것만 같은 예감 때문이다.

내 산방 앞산 뒷산에 산딸나무 꽃이 뭉게뭉게 피어나고 있다.

풍성하게 존재하는 이 늦봄의 축복이자 위안이다.

신산하고 잔혹한 세상 같아서 더욱더 눈물겨운 꽃이다.

〈반야심경〉 중에서 가장 장엄하고 아름다운 구절은

아마도 '아제아제 바라아제 바라승아제 모지 사바하'일 것이다.

〈반야심경〉을 한역한 현장은 주문이라 하여 뜻을 번역하지 않고

산스크리트어 음과 엇비슷하게 음역만 하고 말았다.

이후 모든 스님들도 주문으로 받아들일 뿐 원뜻의 번역을 피했다.

주문을 해석하면 신비스러운 힘이 없어진다고 믿었기 때문이다.

산스크리트어인 '가테 가테 파타가테 파라삼가테 보디 스바하'를

굳이 해석하자면 이기영 박사께서 다음과 같이 옮기신 적이 있다.

가신 분이여

가신 분이여

피안에 가신 분이여

피안에 온전히 가신 분이여

깨달음이여

행운이 있으라.

여기서 '가신 분(가테)'이란 '지혜의 완성을 이룬 분'이라고 한다.

그리고 여성 이미지를 띤 단수인데

그분을 부르는 호격呼格이 포함되어 있다고 한다.

여기서 부르는 대상이란 〈반야심경〉의 주어이기도 한

관자재보살 혹은 법신法身이 아닐까도 싶다.

훗날 이기영 박사께서 다시 재해석하여 번역하신 적이 있다.

　　　가신 님이여, 가신 님이여, 저쪽으로 가신 님이여,

　　　저쪽으로 완전히 가신 님이여, 그리고 다시 오신 님이여,

　　　우리 부처님이시여, 영원히 영광이 있으소서.

그런데 라즈니쉬는 이해하는 관점을 사뭇 달리 하고 있다.

우리는 본래부처이니 주문을 더 적극적으로 이해하라고 비판한다.

'그대는 부처다. 그러면서 동시에 그대는 부처가 아니다.

이것이 딜레마다. 하나의 역설이다.

그대는 부처가 되기로 이미 정해져 있었다.

그러나 그대는 그만 기회를 놓쳐버렸다.

그런데 〈반야심경〉은 그대를 다시 본 궤도로 옮겨 놓을 것이다.

부처라고 운명 지어진 그대에게 〈반야심경〉은 큰 도움을 줄 터.

중국, 한국, 일본, 스리랑카, 태국 등지에서는

수세기를 내려오면서 이 주문을 외우기만 했다.

　　　　　　　　서른부터 다가온 반야심경의 행복

나는 〈반야심경〉의 마지막 '아제아제 바라아제 모지 사바하'에서
베토벤의 '환희의 노래'라고 불리는 교향곡 9번을 연상하곤 한다.
장엄한 교향곡 9번이 구경究竟에 다다른 깨달은 보살을 위해 선사하는
'깨달음이여, 영원하라'는 환희의 찬가처럼 여겨지기 때문이다.

그러나 독송은 어디까지나 독송으로 끝난다.
독송의 반복은 아무 도움도 주지 않는다.
독송과 더불어 깊이 이해해야 한다.
그리하여 마침내는 주문이 그대 자신이 되어야 한다.'

가자

가자

더 높이 가자

우리 다 같이 가자

깨달음이여

영원하여라.

라즈니쉬는 첫 번째의 '가자'는 의식이 잠든 물질과 육체와
눈에 보이는 유형의 세계로부터 떠나자는 의미라고 말한다.
그리고 두 번째의 '가자'는 삶과 죽음이 무한하게 연속되는
윤회로부터 떠나자는 의미라고 해석한다.
세 번째의 '가자'는 선택하는 마음과 사념思念으로부터
높이 떠나가자는 의미라고 설명한다.
마지막 네 번째의 '가자'는 나라고 하는 주어가 사라진
창조 이전으로 떠나가자는 의미라고 주장한다.
네 번째의 의미에 내 생각을 보태자면

본래면목의 상태 즉 공空을 자각하자는 뜻이 아닌가 싶다.
모든 것에서 떠나 있으니 절대순수인 공의 차원인 것이다.
그가 '보디菩提'를 '깨달음이여'라고 번역한 것은
앞의 세 번째 단계를 통하여 모든 것으로부터 떠나 왔으니,
거꾸로 말하자면 모든 것이 사라져 텅 비워져 있으니
순수한 자성이 깨달아지는 순간을 문득 표현한 것일 터.

라즈니쉬는 〈반야심경〉의 마침표와 같은 '사바하'를
자성을 깨달은 상태의 절정의 감탄사라고 말한다.
그는 그 의미를 분명하게 전달하는 단어가 없을 텐데도
'영원하여라'라는 축복하는 서술어를 빌렸던 것 같다.
그리고 보면 '사바하'란 깨달은 이의 황홀한 외침이고
확고한 메시지라는 생각이 든다.
뿐만 아니라 '가테 가테 파타가테 파라삼가테 보디 스바하.'는
우리 모두의 희망가이자 인생찬가가 아닐까도 싶다.

나는 깨달음의 찬가 같은 〈반야심경〉의 마지막 '아제아제 바라아제
바라승아제 모지 사바하'에서 마음속으로 세 번을 외울 때마다
베토벤의 '환희의 노래'라고 불리는 교향곡 9번을 연상하곤 한다.
장엄한 베토벤의 교향곡 9번이 대자유의 구경究竟에 다다른
피안에 온전히 건너간 깨달은 보살을 위해 곡진하게 바치는

'깨달음이여, 영원하라'가 환희의 찬가처럼 여겨지기 때문이다.
세상의 언어를 초월해버린, 세상의 언어로 표현할 수 없는
'아제아제 바라아제 바라승아제 모지 사바하'는 음악가로서
청력을 상실한 극한의 상태에서 오직 영혼의 힘으로 작곡한
베토벤 보살의 최후작품 교향곡 9번을 시적으로 압축한 것 같다.

〈반야심경〉은
병든 영혼도 치유한다

낯선 길손이 이불재 툇마루에 앉아 있었다.

점잖고 온화해 보이는 노신사 분이었다.

그분을 방으로 불러들여 차 한 잔을 권하자,

쌍봉사 다성암을 찾아왔는데 내 처소에서 풍경소리가

너무 청량하게 들려 올라온 길이라고 하였다.

노신사는 암 선고를 받고 암자들을 순례하고 있다고 털어놓았다.

의사는 6개월밖에 못 산다고 했는데,

자신은 지금 6년을 살고 있다고 고백했다.

노신사는 내가 우려낸 차를 향기롭게 마시며 합장하였다.

차를 한 잔 더 권하며 비로소 나를 소개하였다.

순간 노신사가 깜짝 놀랐다.

그분 배낭 속에 넣고 다니는 책이 바로

내가 쓴 〈암자로 가는 길〉이기 때문이었다.

노신사는 이불재를 나서며

나에게 선물을 보내겠다며 무엇을 좋아하느냐고 물었다.

나는 아무것도 필요치 않다고 말했다.

노신사가 돌아간 뒤 나는 자신을 나무랐다.

저 노신사의 생명과 바꾸어가며 읽는 글이 될 줄 알았다면

그때 좀 더 정성을 다해 쓸 것을…

노신사가 찾아다닐 수 있는 암자를 한두 군데라도

더 많이 소개할 것을 하고 아쉬워했다.

그렇다. 인과를 믿는다면 함부로 말하고 쓸 일이 아니다.

순간순간 정성을 다해 참으로 곡진하게 살 일이다.

지나간 일들이 반드시 메아리로 돌아오기 때문이다.

인과의 이치는 두렵고 경이롭기만 하다.

나를 찾아오는 스님들은 대부분 40대와 50대이다.

60대쯤으로 나와 10여 살 차이가 나는 중견 스님도 있다.

포교를 잘하는 스님도 있고, 기도를 잘하는 스님도 있고,

서른부터 다가온 반야심경의 행복

인과를 믿는다면 함부로 말하고 쓸 일이 아니다.
순간순간 정성을 다해 참으로 곡진하게 살 일이다.
지나간 일들이 반드시 메아리로 돌아오기 때문이다.
인과의 이치는 두렵고 경이롭기만 하다.

참선을 잘하는 선방에서 온 스님도 있다.

나는 스님들이 무엇을 하건 간에 언제든지 걸망 하나 메고

떠날 수 있는 바람 같은 매력 때문에 반갑게 맞이하곤 한다.

연못에 비치는 달빛처럼 오고 감이 자유로운 것이다.

내 산방에는 늘 스님용 떡국 재료가 마련되어 있다.

최근에도 강원도 홍천에서 잣을 사왔고,

쌀을 20kg이나 가지고 방앗간을 다녀왔다.

땅콩은 믿을 만한 제주도 농협에서 주문해 사용하곤 했다.

스님 중에서도 하동 출신의 스님이 강원도 홍천 잣과

제주도 땅콩을 갈아 만든 국물로 쑨 떡국을 가장 좋아했다.

스님의 정량은 한 그릇이지만 미소 짓는

그 표정만큼은 산해진미를 맛보는 것 같다.

언제나 두 그릇을 보기 좋게 비우는 스님도 있다.

포교 활동이 왕성하니 더 드실 만도 하다.

떡국을 드신 다음에는 한두 시간의 차담을 갖게 마련이다.

차는 내가 우리는데, 다기는 아내 무량광보살이 만든 것이다.

안쪽은 백자유약을 발랐고, 바깥은 흙빛 그대로인 찻잔이다.

차담을 하는 동안 나와 스님 사이에는 하등의 비밀이 없다.

무슨 소재나 주제의 얘기든지 화제로 오른다.

서른부터 다가온 반야심경의 행복

그날은 구병시식을 10여 년째 해오고 있는 스님과 마주 앉았다.

나는 궁금하기도 하여 주로 내가 질문하고 스님이 답변했다.

스님은 〈반야심경〉을 독경하여 환자에게 붙은

제3의 영혼을 제도하는 분이었다.

스님은 우리가 일반적으로 부르는 영가를

제3의 영혼이라고 곡진하게 불렀다.

바야흐로 과학의 시대에 귀신이라고 하면 비하하는 것 같지만

제3의 영혼이라 하면 죽은 이의 영가를 존중하는 느낌이 든다.

내가 흥미를 느낀 까닭은 〈반야심경〉이야말로

가장 이성적인 지혜의 경전인 줄만 알았는데,

그 스님의 입장에서는 주력의 경전이기 때문이었다.

다음은 스님과 나눈 얘기 그대로이다.

"스님은 구병시식을 할 때 주로 어떤 경전을 외웁니까?"

"우리 노스님께서 항상 〈반야심경〉을 외라고 하셨습니다.

그래서 저는 구병시식을 받는 환자에게 〈반야심경〉을 들려줍니다.

그러면 대부분 제3의 영혼이 환자의 몸을 떠납니다."

"스님께서는 영가나 귀신을 제3의 영혼이라고 부르는 것 같습니다.

제3의 영혼은 〈반야심경〉의 어떤 부분에서 작용합니까?"

"〈반야심경〉 중간 부분에서 반응을 일으키다가

대부분 '아제아제 바라아제 바라승아제 모지 사바하'
부분에서 미련없이 가볍게 훨훨 떠납니다."

"떠난다는 것은 무슨 의미입니까?"

"환자의 몸을 떠나 허공에 떠돈다는 것이 아니라
제도된다는 뜻입니다."

"깨달음에 다다른 보살을 위해 설한 〈반야심경〉은
일반인들에게 쉽지 않은 경전인데,
제3의 영혼이 어떻게 〈반야심경〉을 알아듣고
제도된다는 것입니까?"

"제3의 영혼은 우리보다 더 똑똑합니다.
독해력이 뛰어난다고 봐야죠.
어떤 병든 영혼도 〈반야심경〉을 계속 듣다 보면 제도됩니다."

"스님은 지금까지 얼마나 많은 영혼을 제도했습니까?"

"선방에 가거나 외국에 나갈 때를 제외하곤 날마다 한 번씩
구병시식을 10여 년 간 해왔습니다. 그러니 셀 수가 없습니다."

"영혼과 교감한다는 것입니까?"

"교감이 아니라 환자의 표정과 눈빛과
행동에서 이심전심이랄까, 일념으로 메시지를 읽습니다.
때로는 환자의 입으로 병든 영혼의 목소리를 듣기도 합니다.
남자환자에게 여자의 영혼이 들어와 있을 때도
환자는 걸걸한 목소리지만 자세히 들어보면 여자 목소립니다."

　　　　　　　　서른부터 다가온 반야심경의 행복

"제 3의 영혼에 모습이 있습니까?"
"그건 제가 경험한 바에 의하면 모습이 없습니다.
몸이 죽어 흙, 물, 불, 바람으로 사라졌는데 무엇이 있겠습니까?"

"제3의 영혼에 모습이 있습니까?"

"그건 제가 경험한 바에 의하면 모습이 없습니다.

몸이 죽어 흙, 물, 불, 바람으로 사라졌는데 무엇이 있겠습니까?"

"그렇다면 〈반야심경〉에 주력의 힘이 있다는 겁니까?"

"저는 제3의 영혼이 제도될 때까지 〈반야심경〉을 계속 욉니다.

한두 번에 끝날 때도 있고 그렇지 않을 때도 많습니다."

끝으로 스님은 법명을 밝히지 말라고 부탁했다.

환자의 병을 낮게 하고 제3의 영혼을 제도하는 구병시식이

도반들에게 오해를 불러일으킬 수도 있기 때문이라고 말했다.

그러나 나는 스님이 집전하는 구병시식의 효과를

옆에서 보았기에 이 글을 대명천지에 고하고,

스님과 계속 스스럼없이 교유하고 있는 셈이다.

구병시식은 한 환자에게 한두 번으로 그치지 않고

몇 년을 계속할 때도 있었다.

스님이 데리고 다니던 자폐증 환자 어린아이도 그런 경우였다.

팔공산의 어느 암자에서 스님을 처음 만난 날이었다.

그때 스님은 그 아이와 함께 있었다.

병원에서도 치료할 수 없다는 아이였다.

부모가 마지막 수단으로 스님에 맡긴 아이였다.

스님은 아이에게 제3의 영혼이 여러 명 붙어 있어
아이가 식사를 영혼의 몫까지 게걸스럽게 먹는다고 했다.

몇 년 후 스님은 아이를 데리고 내 산방으로 왔는데,
아이는 놀랍게도 다 치유되어 건강한 모습이었다.
솔직히 고백하자면 그때부터 나는 스님의 구병시식을 신뢰했고,
〈반야심경〉에 병든 영혼을 치유하는 힘이 있다는 것을 믿었다.
이 이야기는 받아들이는 자의 몫이겠지만 〈반야심경〉이
병든 영혼을 제도한다는데, 과연 그 논리는 무엇일까?
제3의 영혼이 환자의 몸에 붙어 있는 것도 지독한 집착일 것이다.
그런데 〈반야심경〉의 공 도리가 제3의 영혼을 깨닫게 하여
집착을 끊어주기 때문에 환자의 몸을 떠나는,
즉 제도되는 것은 아닌지 짐작을 해본다.

2부

행복한 마음새김 이야기

1장

절은 한 권의 시집 詩集 이다

성 안내는 그 얼굴이 참다운 공양구요
부드러운 말 한 마디 미묘한 향이로다
깨끗해 티가 없는 진실한 그 마음이
언제나 한결같은 부처님 마음일세.

보시를 하려거든
상相 없이 하라

성도하신 부처님께서 보시布施라는 단어를 처음으로 말씀하신 것은 녹야원에서 다섯 비구 수행자들에게 첫 설법을 하시고 난 뒤였다. 이른 새벽이었다. 카시국의 수도 바라나시에 사는 대부호의 아들 야사가 녹야원을 찾아와 여자와 술과 음악 등의 쾌락으로도 만족할 수 없어서 술이 덜 깬 채 자학하듯 "허망하고 괴롭다!"며 울부짖고 있었다.

그때 부처님께서는 야사와 그를 찾으러 온 그의 아버지에게 보시와 지계에 대해서 말씀을 하셨다. 보시를 하고 오계를 지키면 천상에 태어난다는 이른바 시계천施戒天의 가르침이었다. 그런 뒤 그들에게 사성제와 팔정도까지 설해주었고, 부처님께서는 그의 집을 방문하여 야사의 어머니에게도 똑같이 설하신 뒤 그녀의 귀의를 받았다. 그래서 야사는 다섯 비구에 이어 여섯 번째로 귀의한 수행자가 되었고, 그의 부모는 최초로 우바새(남성신도), 우바이(여성신도)가 되었다.

야사의 아버지는 요즘 말로 하면 재벌 총수쯤 될 것이다. 장사를 잘하여 남의 재산을 자기 것으로 만드는데 뛰어난 능력을 가졌던 수완가로서 평생 그렇게 살아왔던 그가 부처님 한 마디에 자신의 재산을 이웃에게 보시하고 오계를 지키겠다고 약속한 것을 보면 조금 의아해지기도 한다.

그러나 야사의 아버지가 어떤 사람인 줄 알면 이상할 것이 없다. 그는 바라나시 최고 장사꾼으로서 상대편 마음을 읽는데 남다른 재주를 가졌던 것이다. 야사의 아버지는 자신을 대하는 부처님의 진실하고 맑은 마음을 보았기 때문에 보시함으로써 천상에 태어난다는, 즉 몸은 현실 속에 있더라도 마음은 늘 천상에 있는 듯이 행복하리라는 부처님의 말씀을 받아들였던 것이다. 아마도 천부적인 장사꾼이었으므로 부처님 말씀을 저울대에 올려놓고 무엇이 더 자신에게 진정한 행복을 가져다 줄 것인지 번개처럼 계산을 빨리 했을지도 모른다.

이후 부처님은 전법의 길에서 다른 제자들에게 좀 더 자상하게 보시에 대해 다음과 같이 설하신다.

음식을 보시하는 사람은 남에게 힘을 주는 사람이며
의복을 보시하는 사람은 남에게 아름다움을 주는 사람이며
탈것을 보시하는 사람은 남에게 편안함을 주는 사람이며
등불을 보시하는 사람은 남에게 밝은 눈을 주는 사람이며

살집을 보시하는 사람은 남에게 모든 것을 주는 사람이며

부처님 법을 보시하는 사람은 남에게 윤회를 끊어주는 사람이니라.

보시를 해서 무슨 공덕이 있는지 제자들이 궁금해 하자, 아마도 구체적으로 설하셨을 것이다. 의식주를 보시하는 것은 재가자의 몫이고 부처님 법을 보시하는 것은 출가자의 몫인데, 법시를 가장 끝에 설하신 까닭도 분명 있을 법하다. 부처님께서는 〈금강경〉에서 법시法施의 복덕이 재시財施의 복덕보다 크다고 말씀하시고 있는 것이다.

'만약 어떤 사람이 이 경의 사구게四句偈만이라도 받아 지녀서 남을 위하여 설해준다면, 그 복덕은 삼천대천세계를 가득 채울 만큼의 칠보로써 보시하는 복덕보다 더 뛰어나니라. 무슨 까닭인가? 수보리여, 모든 부처님과 모든 부처님의 아뇩다라삼먁삼보리의 법이 모두 이 경에서 나오기 때문이니라.'

뿐만 아니라 불법이 담긴 책을 나눠주는 법보시도 부처님이 말씀하신 법시와 맥을 같이하니 그것의 복덕도 설명이 필요 없을 듯하다.

그런데 보시란 야사의 부모처럼 부자만이 실천할 수 있는 것은 아니다. 부처님은 '조금 있어도 베푸는 보시는 천배의 가치가 있다.'고 하시며 '주기 어려운 것을 주는 사람들과 하기 어려운 것을 하는 사람들은 좋은 곳으로 간다.'고 하셨다.

내 주위에도 그런 분들이 많다. 호가 경담(鏡潭)인 불자는 광주 원각사에서 나의 강연을 들은 뒤에도 산중의 내 산방山房을 찾아와 의

문 나는 것을 묻곤 하는데, 결코 가진 것이 많아서 베풀고 사는 분이 아니다. 자신이 줄 것을 애쓰고 힘들여 만들어서 남모르게 보시하는 거사이다. 귀밑머리가 희끗해질 무렵이면 세상과 적당하게 타협하고 안주하는 나이지만 그 분의 보살행은 그렇지 않다. 직장에서 받은 월급은 살림하는 아내에게 맡기고 자신은 이른 새벽에 신문배달을 하여 보시할 정재淨財를 마련하는 것이다. 자신의 신분이 드러날까봐 마스크를 하고 모자를 눌러 쓴 채 10여 년 동안 신문배달을 하면서 받은 급료를 전부 사회봉사단체에 기부해 왔다는 것이다. 부처님께서 말씀한 인과의 도리대로 '죽은 이들 가운데 죽지 않는 이'가 바로 그 거사일 것 같고, 야사의 아버지와 같이 천상에 태어나는 공덕을 이미 짓고 있지 않나 싶다.

그렇다. 재물이 있어야만 보시를 할 수 있다고 생각해서는 안 된다. 부처님은 〈무량수경〉에서 항상 웃는 얼굴로 대하고 말을 부드럽게 하는 화안애어和顏愛語를 말씀하셨다. 웃는 얼굴과 부드러운 말도 큰 보시가 된다는 말씀인 바, 불가에 널리 암송되고 있는 문수동자의 게송도 같은 의미다.

성 안내는 그 얼굴이 참다운 공양구요
부드러운 말 한 마디 미묘한 향이로다
깨끗해 티가 없는 진실한 그 마음이
언제나 한결같은 부처님 마음일세.

面上無瞋供養具 口裡無瞋吐妙香
心裡無瞋是眞實 無染無垢是眞常

　서울 길상사 공덕주 길상화보살도 아무런 조건 없이 당시 1천억
원의 땅과 집을 보시한 분이다. 자세한 내막은 잘 모르겠으나 길상화
보살이 보시하려고 마음을 내고 결실을 맺는 두 장면은 내가 법정 어
른스님 곁에서 지켜보아 조금은 알고 있다.

　한번은 법정스님이 상도동 약수암으로 법문하시려고 오셨다기에
뵈러 갔는데, 그 자리에 나로서는 처음 보는 사람들이 와 있었다. 암
자 큰방에는 법정스님과 요정을 인수해서 부자가 된 길상화보살, 그
리고 감색 양복을 입은 중년신사 두 명이 앉아서 담소하고 있었던 듯
하다. 나중에 안 일이지만 길상화보살이 법정스님에게 성북동 대원
각을 보시는 하겠지만 자신의 재산이 뜻대로 잘 운영되는지 지켜볼
감사를 한 명 두자는 안을 가지고 온 자리였다고 한다.

　그때 법정스님은 "우리나라에는 훌륭한 고승들이 많습니다. 그러
니 그분들을 찾아 시주하십시오." 하고 그 자리에서 일어나 나가버렸
다. 일이 틀어지자, 가장 당황했던 사람은 길상화보살이었다. 길상화
보살을 잘 아는 변호사가 조언해주어 제안하였는데, 뜻밖의 결과가
되었기 때문이었다.

　법정스님의 의지는 단호했다. 할 수 없이 길상화보살은 그날 이후
전국의 고승들을 찾아다니기 시작했다. 이미 자신의 재산을 절로 만

드는데 시주할 결심을 굳혔기 때문에 다른 용도는 생각할 수 없었다.

2년 후, 길상화보살은 어찌 보면 고승들 가운데서 자신에게 가장 불친절했던 법정스님을 다시 찾아와 요정 대원각을 아무런 조건 없이 보시했다. 길상사가 개원되는 날 그녀는 수천 명의 신도 앞에서 말했다.

"저는 죄 많은 여자입니다. 저는 불교를 모릅니다. 제 소망은 여인들이 옷을 갈아입었던 저 팔각정에 범종을 달아 한 번 쳐보는 것입니다."

조계종 총무원장 스님을 비롯하여 여러 고승대덕의 법문이 길게 이어졌지만 내가 지금도 기억하는 것은 길상화보살의 단 세 구절뿐이다. 그러자 법정스님은 길상화보살 목에 염주를 걸어주었다. 염주를 선물한 까닭은 부처님 가르침을 늘 잊지 말라는 뜻이었을 터.

법정스님이 처음에 길상화보살의 시주를 받지 않으려고 했던 이유는 무엇일까? 그것은 길상화보살이 보시한다는 상相에 집착하고 있기 때문이었다. 보시한다는 생각 없이 보시해야 하는데 보시한 이후를 걱정하고 있었던 것이다.

부처님께서는 〈금강경〉에서 준다는 생각에 집착하지 않는 보시라야 복덕이 크다고 말씀하셨다.

'수보리여, 보살은 마땅히 그 어디에도 머무는 바 없이 보시를 해야 하나니, 이른바 모양에 얽매임 없이 보시를 해야 하며, 소리나 냄새나 맛이나 감촉이나 생각에 얽매임 없이 보시를 해야 하느니라. 수보리여, 보살은 마땅히 이와 같이 보시하여 어떠한 상에도 집착을

음식을 보시하는 사람은 남에게 힘을 주는 사람이며
의복을 보시하는 사람은 남에게 아름다움을 주는 사람이며
부처님 법을 보시하는 사람은 남에게 윤회를 끊어주는 사람이니라.

하지 말아야 하느니. 무슨 까닭인가? 만약 보살이 상에 집착을 하지 않고 보시를 하면 그 복덕이 가히 헤아릴 수 없이 크기 때문이니라.'

이와 같이 부처님께서는 수보리에게 아무 것에도 집착하지 않는 보시를 무주상보시無住相布施라고 했다. 무주상보시를 실천하다 보면 '가히 헤아릴 수 없는 복덕'을 받는다고 했는데 그것의 진경眞景은 무엇일까? 초기경전인 〈아함경〉에서는 좋은 곳 즉 천상에 태어난다고 했고, 대승경전인 〈금강경〉에서는 위없는 깨달음인 아뇩다라삼먁삼보리를 이룰 수 있다 했으니 '내 것'이라는 상相을 지우고 아낌없이 보시하는 것이야말로 세상과 내가 한 몸이 되는 지름길이라고 확신해도 좋을 듯하다.

서른부터 다가온 반야심경의 행복

기도란 영원생명과
무한능력을 깨닫게 한다

나는 이른 아침마다 내 산방 사립문을 열고 쌍봉사로 내려가 철감 도윤선사 사리탑을 한 바퀴 돌고 온다. 철감 도윤선사는 당나라로 건너가 남전선사 회상에서 조주선사의 후배가 되어 함께 정진한 뒤, 귀국하여 신라 선문 가운데 사자선문獅子禪門의 머릿돌을 놓은 분이다.

합장하고 사리탑을 참배하는데 그냥 내려오지는 않는다. 기도하면서 탑돌이를 한다. 내 기도는 '무엇을 해주십시오.'가 아니다. '무엇을 하겠습니다.'이다. 기원이 아닌 발원인 셈이다. 기원은 불보살님에게 의지하여 구원을 바라는 것이고, 발원은 불보살님께 서원을 실천하겠다고 다짐하는 것이 아닐까 싶다.

불교의례를 벗어난 기도인지 모르겠으나 나는 탑을 돌면서 '무엇을 하겠습니다.' 하고 맹세를 한다. 용기를 내어 공개하자면 다음과 같다.

'전생에 묵은 빚을 갚겠습니다.'

'좋은 글을 써 세상을 이롭게 하겠습니다.'

'아내를 아끼고 사랑하겠습니다.'

전생에 묵은 갚겠다고 참회를 하는 까닭은 지금 내 행동을 보면 지난 생에서도 허물을 무겁게 짓고 남에게 신세를 많이 졌을 것 같은 느낌이 들기 때문이다. 〈법화경〉에서도 부처님께서 말씀하시고 있다.

> 전생 일을 알고자 하는가?
> 금생에 받는 이것이다.
> 내생 일을 알고자 하는가?
> 금생에 하는 이것이다.
> 欲知前生事 今生受者是
> 欲知來生事 今生作者是

좋은 글을 써 세상을 이롭게 한다는 발원은 내가 존재하는 당연한 이유[當爲] 가 되는 것이니 더 설명이 필요하지 않는 기도이고, 아내를 사랑하겠다고 기도하는 것은 미안하고 부끄럽기만 한 내 마음의 서원이다.

한때는 쌀을 몇 되씩 배낭에 넣고 가 기도한 뒤, 그 쌀이 한 가마니가 되자 읍내에서 봉사 활동하는 분을 통해 외로운 할머니에게 돌아가도록 했다. 전생 빚을 갚겠다고 말로만 기도하는 것이 미안해서였다.

기도를 해서 하루의 시작이 행복하다면 이보다 더한 기쁨이 어디 있을까. 이러한 맑은 기쁨을 우리 불가에서는 정복淨福이라고 부르는데, 기도란 나름대로 지킬 수 있는 맹세를 해야 이루기 쉽고, 결코 요행수를 바라서는 안 될 것 같다.

일타스님도 기도하는 사람은 정성만 쏟을 일이지 요행을 바라서는 안 된다고 법문하신 적이 있다.

"우리 주위를 살펴보면 수십 년 절에 다닌 신도들조차 요행수를 바라며 기도하는 경우를 많이 찾아볼 수 있다. 그러나 기도에는 요행수가 통하지 않는다. 태양이 어느 곳에나 평등하게 빛을 비추듯이 불보살의 광명정대한 자비는 언제나 중생들의 정성과 함께 할 뿐, 요행을 바라는 마음과는 결코 함께 하는 법이 없다."

부처님도 〈잡아함경〉에서 날란다 마을의 한 촌장에게 요행은 없다고 말씀하시고 있다. 짓는 업에 따라 과보를 받는다고 말씀했다. 날란다의 빠와리까의 망고나무 숲에 계실 때였다. 촌장이 물었다.

"부처님이시여, 서쪽 마을에 사는 바라문들은 물풀로 목걸이를 만들어 목에 걸고 몸을 강물에 담가 청정하게 하고 불을 섬깁니다. 이 바라문들은 죽은 사람을 들어 올려 이름을 부르며 천상으로 인도한다고 합니다. 온전히 깨달으신 부처님이이시여, 부처님도 세상 사람이 죽었을 때 하늘에 태어나게 할 수 있습니까?"

전생 일을 알고자 하는가?
금생에 받는 이것이다.
내생 일을 알고자 하는가?
금생에 하는 이것이다.

"촌장이여, 내가 질문할 테니 대답해 주겠습니까? 어떤 사람이 살생하고, 훔치고, 음행을 하고, 거짓말을 하고, 이간질을 하고, 악담을 하고, 쓸데없는 말을 하고, 탐욕을 부리고, 악의를 지니고, 틀린 견해로 가득 차 있다고 합시다.

그런데 많은 사람들이 그 사람에게 다가와 기도하고, 주문을 외우고, 합장하며 돌면서 말하기를 '이 사람이 죽은 뒤 좋은 곳인 천상에 태어나게 해주소서.'라고 한다면, 촌장이여 이 사람이 죽은 뒤 좋은 곳인 천상에 태어나겠습니까?"

"부처님이시여, 그렇지 않습니다."

"촌장이여, 어떤 사람이 커다란 돌을 깊은 연못에 던졌다고 합시다. 그런데 사람들이 연못가에 다가와 기도하고, 주문을 외우고, 합장하며 돌면서 말하기를 '착한 돌아 떠올라라. 착한 돌아 연못가로 나와라.'라고 한다면, 커다란 돌이 연못 위로 솟아올라 연못가로 나오겠습니까?"

"부처님이시여, 그렇지 않습니다."

"촌장이여, 어떤 사람이 살생하고, 훔치고, 음행을 하고, 거짓말을 하고, 이간질을 하고, 악담을 하고, 쓸데없는 말을 하고, 탐욕을 부리고, 악의를 지니고, 틀린 견해로 가득 차 있다면, 그는 죽은 뒤 나쁜 곳인 지옥에 태어날 것입니다.

그러나 촌장이여, 어떤 사람이 생명을 죽이지 않고, 훔치지 않고, 음행을 하지 않고, 거짓말을 하지 않고, 이간질을 하지 않고, 악담을 하지 않고, 쓸데없는 말을 하지 않고, 탐욕을 부리지 않고, 악의를 지니지 않고, 바른 견해를 가지고 있다고 합시다.

그런데 많은 사람들이 그 사람에게 다가와 기도하고, 주문을 외우고, 합장하며 돌면서 말하기를 '이 사람이 죽은 뒤 고통스럽고 나쁜 곳인 지옥에 태어나게 해주십시오.'라고 한다면, 그가 죽은 뒤 고통스럽고 나쁜 곳인 지옥에 태어나겠습니까?"

"부처님이시여, 그렇지 않습니다."

"촌장이여, 어떤 사람이 한 단지의 기름을 깊은 연못에 넣은 뒤, 그 단지를 깨뜨렸다고 합시다. 깨진 단지는 가라앉을 것이고 기름은 물 위로 뜰 것입니다.

그런데 많은 사람들이 연못가로 다가와 기도하고, 주문을 외우고, 합장하며 돌면서 말하기를 '착한 기름아 가라앉아라. 착한 기름아 아래로 내려가거라.'라고 한다면, 그 기름이 아래로 가라앉든지 내려가겠습니까?"

"부처님이시여, 그렇지 않습니다."

"촌장이여, 어떤 사람이 생명을 죽이지 않고, 훔치지 않고, 음행을 하지 않고, 거짓말을 하지 않고, 이간질을 하지 않고, 악담을 하지 않고, 쓸데없는 말을 하지 않고, 탐욕을 부리지 않고, 악의를 지니지 않고, 바른 견해를 가지고 있다고 합시다.

그런데 많은 사람들이 그 사람에게 다가와 기도하고, 주문을 외우고, 합장하며 돌면서 말하기를 '이 사람이 죽은 뒤 고통스럽고 나쁜

서른부터 다가온 반야심경의 행복

곳인 지옥에 태어나게 해주십시오.'라고 한다 해도, 그는 좋은 곳인 천상에 태어날 것입니다."

여기서 부처님의 말씀을 듣는 촌장 아시반까뿟따는 부처님께 귀의하여 재가신도가 되었다고 한다. 큰 돌을 연못에 던지면 물속에 가라앉고, 기름을 연못에 넣으면 물 위에 뜬다는 부처님의 비유는 인과법을 설하시기 위한 것이지만, 바라문의 잘못된 기도를 보시고 기도하는 이의 마음자세를 방편으로 말씀하신 것이기도 하다.

몸과 마음이 청정해지지 않고서는 그 어떤 기도도 감응이 없을 터이다. 그래서 참회가 필요한 것이다. 몸과 마음을 맑히는데 참회만한 것이 없다 했으니 참회는 기도의 절대조건인 셈이다.

또한 기도는 오직 행할 뿐 머릿속으로 아는 것이 아니다. 일타스님은 기도를 행하는데 유독 간절함을 강조하셨다.

"기도 성취의 비결은 '간절 절切'에 있고, 간절 절切은 일념삼매로 통하게 되어 있다. 우리가 간절히 기도하여 잠깐이라도 일념삼매를 이루게 되면 불보살의 가피가 저절로 찾아들게 되어 있다.

불보살께서 우리를 보호함은 물론, 나에게 갖추어져 있는 영원생명과 무한능력이 개발되고, 내가 서 있는 이곳 또한 사바세계가 아닌 불국토로 바뀌게 된다."

몇 년 전의 일이다. 내 이웃인 쌍봉사에서 전화가 왔다. 목소리로 보아 나이 드신 분인데, 나를 만나고 싶어 주지스님에게 물었더니 바로 쌍봉사 위 골짜기에 산다고 알려 주어 전화를 걸었다고 말했다.

나이 드신 분에 대한 예의일 것 같아 전화를 받은 나는 주지채로 내려갔다. 그 분은 내 〈암자로 가는 길〉의 애독자였고 모 건설회사 회장님이었다. 주지스님이 잠시 자리를 비우자, 그분은 내게 쌍봉사 극락전에서 한 달 동안 기도한 얘기를 들려주었다. 회사가 자꾸 어려워져 마지막으로 부처님께 매달렸다는 것이다. 기도한 결과 회사는 계속 일취월장하여 자본금이 몇 조원으로 늘어났고, 지금은 본사를 지방에서 수도권으로 옮겼다고 고백했다. 그런데 나를 만나고 싶었던 까닭은 따로 있었다. 원찰願刹을 짓고 싶으니 절터를 하나 잡아 달라는 것이었다. 나는 내 몫이 아닌 것 같아 거절하고 내 산방으로 올라왔지만 그분이 받은 '부처님 가피'에 대해서만은 생각하지 않을 수 없었다.

'도대체 부처님 가피란 무엇일까?'

부처님의 가피란 본래 나에게 있는 영원생명과 무한능력을 일념삼매 속에서 만나는 것이 아닐까. 또한 그것을 되찾는 것이 기도삼매가 아닐까. 영원생명이란 현실 속에서 애쓰는 나를 넘어선 무량겁의 생명이고, 무한능력이란 미처 내가 발견하지 못한 걸림 없는 능력일 것이다.

그곳으로 가는 통로는 여러 갈래다. 염불도 있고, 진언도 있고, 삼천배도 있고, 독경도 있고, 사경도 있다. 무엇을 하든 어느 순간 자기자신은 사라지고 홀연히 마음만 남아 있게 되는데, 바로 그때 영원생명과 무한능력이 드러나 신심을 솟구치게 하는 것이 아닐까 싶다.

　　　　　　　　　　　　서른부터 다가온 반야심경의 행복

윤회하더라도
주인공이 되어야

누구라도 '내 전생은 무엇이었을까? 내생에 나는 무엇일까?' 하고 한번쯤 윤회에 대해서 관심을 가져보게 마련이다. 또한 자신이 하는 일에 대해서도 '왜 나는 지금 이 일을 하고 있을까? 내생에 나는 무슨 일을 하고 있을까?' 하고 생각해 봤을 텐데, 그러한 호기심과 의문은 옛 사람이나 현대인이나 마찬가지일 것 같다.

과학의 잣대를 고지식하게 들이대며 증거를 보여 달라고 하면 더 이상 얘기가 안 되겠지만, 그래도 전생의 막연한 그림자 같은 것에 사로잡힐 때가 더러 있다. 종교는 과학이 설명하지 못하는 초자연의 세계를 믿는 바 미리 움츠러들 필요는 없을 것 같다. 이미 서구 과학자나 철학자들은 윤회를 '마음의 진화' 혹은 '영혼의 유전' 등으로 유사하게 표현하고 있는 것이다.

영국의 이론물리학자이자 심리학자인 버트란트 럿셀Bertrand Russell은 의식은 두뇌와는 별개로 진화하는 것이기 때문에 마음이 진화의 요체라고 주장한 바 있고, 영국의 생물학자인 리차드 도킨스Richard Dawkins는 〈이기적인 유전자〉라는 저서에서 유전자는 그에 대응하는 각각의 소프트웨어를 갖고 있는데, 그 밈meme을 통하여 문화가 유전된다고 하였다. 밈은 유전자 어디에도 찾아볼 수 없으므로 '마음'과 동일한 존재일 것이다.

최근에는 1977년 신경생리학 연구로 노벨상을 수상한 존 에클스John Eccles가 〈뇌의 진화〉라는 저서에서 영혼은 초자연적인 것이라고 주장했다. 따라서 제거되거나 상실되는 일이 없으며 태아에 들어감으로서 영혼의 동일성과 단일성이 유지되기 때문에 영혼은 진화하고 유전된다고 하였다. 여기서 초자연적이란 과학으로 계량화할 수 없다는 뜻이다.

완성된 영혼이라 불리는 아인슈타인 같은 과학자도 일찍이 불교를 우주적인 종교, 혹은 자연의 세계와 정신적인 세계를 모두 포함한 미래의 종교라고 말한 적이 있다.

'미래의 종교는 우주적인 종교가 될 것이다. 그것은 인간적인 하느님을 초월하고, 교리나 신학을 넘어서는 것이어야 한다. 그것은 자연의 세계와 정신적인 세계를 모두 포함하면서, 자연과 정신 모두의 경험에서 나오는 종교적인 감각에 기초를 둔 것이어야 한다. 불교가 이런 요구를 만족시키는 대답이다. 만일 현대과학의 요구에 부합하는 종교가 있다면 그것은 불교가 될 것이다.'

서른부터 다가온 반야심경의 행복

〈부처님 팔상록〉은 부처님 전생 이야기부터 나온다. 부처님은 이 세상에 태어나기 바로 전에는 도솔천이라는 곳에 살면서 8바라밀을 정진했으며 천인天人들을 상대로 설법하는 호명보살이었다는 것이다. 그런데 부처님의 전생과 현생의 삶에는 존 에클스가 말한 대로 영혼의 동일성과 단일성 즉 선업을 발견할 수 있다. 하늘이나 땅에서나 중생을 제도하기 위해 가르침을 폈던 인천人天의 스승이 된 것만도 큰 선업이 아닌가. 아마도 부처님의 다음 생도 법계의 어느 별에서 전생과 금생이 그랬던 것처럼 중생제도의 삶이 간단없이 이어지지 않을까 짐작된다.

이런 얘기를 하자, 절에 다니기 시작한 한 지인이 내게 부처님도 윤회의 고리를 끊지 못한 것이 아니냐고 물은 적이 있다. 윤회전생輪廻轉生을 하고 있으니 그렇게 볼 수도 있겠지만 부처님 경우는 번뇌를 소멸하지 못한 우리 중생과 다르다. 나는 지인에게 어떤 방편으로 설명할까 고민하다가 초보자임을 고려하여 이렇게 얘기했다.

"우리는 업에 끌려 내 의지와 상관없이 윤회하는 수동적인 삶을 살지만 부처님은 원력대로 생을 이어가는 능동적인 삶을 산다. 도솔천에서 강생하실 때, 시기와 장소와 어떤 신분, 어느 부모의 태를 빌릴지도 정해놓고 탄생하셨던 것이다. 이를 보면 부처님은 다음 생도 그러지 않겠는가. 그러니까 윤회라고 볼 수 없지 않을까. 그러나 깨닫지 못한 우리는 발원과 다르게 지은 업에 따라 육도 윤회를 한다. 그래서 괴로운 것이다."

자기 원력대로 살 수 있다면 그보다 더 좋은 일이 어디 있겠는가. 자기 원력대로 사는 능동적인 삶이 바로 인생을 주인공으로 사는 것이다. 부처님뿐만 아니라 중국의 고승들도 원력대로 몸을 바꾼 분들이 많다.

당나라 때의 이야기다. 안녹산의 난중에 이증은 장안을 지키다 순절했다. 난이 평정되고 난 뒤 나라에서는 이증의 아들 이원에게 큰 벼슬을 주려 했으나 이원은 도를 닦겠다며 자기 집을 혜림사라는 절로 만들었다. 혜림사 주지는 항주 낙양사의 고승 원관이 맡았다. 어느 날 원관과 이원은 아미산 천축사로 떠났다. 가던 중, 형주의 남포 땅에 이르러 원관이 한 여인을 보고 이원에게 말했다.

"자네가 자꾸 가자고 하여 왔지만 인연이 아주 고약하게 되었네. 저 개울가에서 빨래하는 여인이 잉태해 벌써 열 달이 넘었는데 내가 그 태로 들어가는 인연을 만났네. 나는 오늘 여기서 몸을 버리니 자네가 화장을 해서 치워주고 가게."

잠시 후, 원관이 다시 이원에게 부탁했다.

"화장을 마치고 사흘이 지나면 저 여인 집으로 찾아오게. 자네가 오면 내가 태어난 지 사흘이 되는데, 아기를 안으면 유난히 방긋 웃을 테니 자네를 알아보고 웃는 줄 알게. 그리고 12년이 지난 해 8월 보름날 천축사 갈홍천에서 또 만나세."

이원은 원관을 화장하고서 사흘 뒤 실제로 여인 집에서 방긋 웃는 아기를 만났고, 12년을 보낸 뒤 천축사 갈홍천으로 찾아가 소를 타고 가는 아이를 만났다. 그러나 아이는 탐욕스러워진 이원을 보고서는 '이 거사는 참으로 신용이 있는 사람이오. 그러나 가까이 오지는 마시오.' 하면서 소를 타고 돌아가면서 노래했다.

삼생돌 위 옛 주인이여
달구경 풍월함은 말하지 마라
부끄럽다 정든 사람이 먼 곳에서 찾아오니
이 몸은 비록 다르나 자성은 항상 같다
전생 내생 일이 아득하여 알 수 없는데
인연을 말하고자 하니 창자가 끊어질 것 같다
오나라 월나라 사천은 이미 다 보고
도리어 배를 돌려 구당으로 간다.

고승 원관이 여인의 아기로 윤회하는 이 이야기는 구전되는 설화가 아니라 〈당서唐書〉에 '이원방원관(李源訪圓觀; 이원이 원관을 찾아가다)'이란 제목으로 실려 있는 내용이다. 도를 닦아 높은 경지에 이르면 그렇게 된다는 이야기다.

자신의 원력대로 태어나 주어진 인생을 주인공으로 산다면 얼마나 멋진 일인가. 그러나 깨닫지 못한 우리는 아직도 지은 업에 따라 윤회하고 있다. 업대로 이리 저리 끌려 다니는 삶이 즐거울 수는 없다. 괴로운 일이다. 오죽하면 부처님께서 고해를 건넌다고 했겠는가. 땅위를 걸어가는 것도 힘든데 파도치는 물위를 건너가는 셈이니 말이다. 지인 중에 전생을 보는 독특한 능력의 후배가 있는데, 나와 아내의 전생을 보아준 적이 있다.

아내의 최근 전생은 왕실에서 꽃을 심고 가꾸는 궁녀였다고 한다. 그런데 지금의 아내는 꽃을 좋아하기는 하지만 심고 가꾸는 일에는 흥미가 없는 것 같아 아내의 전생 이야기를 듣는 순간 솔직히 생뚱맞다는 느낌이었다. 그러나 곰곰이 생각해 보니 몇 년을 한 장소에서 꽃 가꾸는 일만 따분하게 계속했다면 그에 대한 반작용이 지금의 아내 성격에 투영되지 않았을까 하는 짐작도 든다.

나는 비교적 몇 번의 전생이 보인다고 했다. 신라시대에는 화랑이 되어 말을 능숙하게 타고 사냥을 잘했다고 한다. 그러나 신라가 망한 뒤 고구려 땅으로 건너가 사냥을 업으로 삼고 살다가, 어느 날 원효 스님이 지은 〈대승기신론소〉를 깊이 읽고서는 사냥의 살생을 참회하고 승속을 넘나들며 비승비속으로 강연을 하고 다녔다고 한다. 그런 생으로 계속 윤회하는 동안 공부하지 않는 스님들을 은근히 비방하는 업을 지어 지금 과보를 받고 사는데, 불교를 소재로 한 글쓰기가 바로 그것이라고 한다.

업의 그림자인지 실제로 나는 대학시절 한때 이기영 박사가 어느 신문에 연재하는 〈대승기신론소〉 이야기를 스크랩하는 등 깊이 천착한 적이 있다. 특별한 동기나 권유가 있어 그런 게 아니라 나도 모르게 열중했던 것이다.

불교는 사주팔자 같은 숙명론이 아니다.
신 앞에서 최후에 심판을 받는 절대자의 종교도 아니다.
청정한 행을 닦아 자신의 운명을 바꾸는 자기구원의 종교인 것이다.

또 한 가지 흥미로운 것은 지금 살고 있는 부근의 절인 쌍봉사를 창건한 스님은 철감 도윤선사인데, 그분과도 동시대에 산 적이 있고 그분에게 빚을 졌다고 한다. 그래서일까. 나는 쌍봉사 전각이나 당우들을 중창 불사할 때마다 상량문을 짓거나 모연문을 작성하곤 했다. 으레 절의 글을 짓는 일은 내 몫이 돼버렸다. 몇 년 전에도 새로 지은 일주문의 상량문 역시 내가 지어 대들보에 넣었다. 모두 철감선사께 빚을 갚는 일이라고 생각해서 기쁘게 동참하는 것도 사실이다.

사업하는 친구를 전생 보는 후배에게 소개한 적도 있다. 친구는 가까운 전생만 나왔다. 바닷가에서 세공선 등에 싣는 해산물을 검사하는 관리로 나왔다. 회사 사장인 친구는 고작 아전 나부랭이냐며 언짢아했다.

그러나 맞는 구석도 있는 것 같다. 친구는 해산물을 사는 데 귀재인 것이다. 명절 때마다 산중에 사는 나에게 보내오는 선물도 김이나 미역, 굴비 등이다. 더구나 친구의 감정을 받은 해산물은 상품인 데다 맛이 최고인 것이다.

얘기가 잠시 샛길로 빠졌지만, 들려주고 싶은 얘기는 윤회하더라도 지은 업에 끌려서 하지 말고 마음공부를 하여 자신이 세운 원력대로 살라는 것이다. 그리고 보면 불교는 사주팔자 같은 숙명론이 아니다. 신 앞에서 최후에 심판을 받는 절대자의 종교도 아니다. 청정한 행을 닦아 자신의 운명을 바꾸는 자기구원의 종교이다.

사람들은 왜
'무소유'에 열광했을까?

입적하신 법정스님에 대한 기사가 한동안 계속 나온 적이 있다. 여러 신문들이 날마다 기사를 발굴해 내보냈다. 그때의 기사 중 내 눈을 가장 끄는 것이 있다. 유언 가운데 신문배달 소년에게 머리맡의 책을 전해달라는 기사다. 유언 집행인인 법정스님의 여섯 번째 상좌 덕진스님은 신문배달 소년이 누구인지, 그리고 법정스님이 머리맡에 놓아두고 본 책이 무엇인지 몰라 당황해한다는 기사도 나 있다.

그런데 법정스님은 출가 이후 거의 신문을 구독하지 않은 것으로 알려지고 있다. 해인사 선방시절과 강원시절은 말할 것도 없고, 송광사 불일암 시절이나, 강원도 오두막 시절에 신문을 구독했을 리 없다는 것이다. 다만, 스님께서 서울 봉은사 다래헌에 사실 때는 신문을 구독했을 가능성이 크다. 스님은 당시 신문 칼럼난이나 문예지에 기고를 하기 시작했기 때문이다. 수필 '무소유'도 요즘 신문이나 방송에서는 불일암에서 집필했다고 나오는데 사실관계가 맞지 않는 얘기다. 스님께서 다래헌에 사실 때 〈현대문학〉에 발표했던 수필이다. 〈무소유〉란 책이 범우사에서 발간될 때가 불일암 시절이어서 오보를 내고 있는 것이다. 우리나라 방송이나 신문이 얼마나 치밀하지 못한지 씁쓸한 미소를 지을 수밖에 없다.

내가 생각하기로는 스님께서 다래헌 시절의 신문배달 소년을 생각하고 그렇게 유언하신 것 같다. 사람들은 당시 그 소년을 찾으려고 애를 쓰지만 왜 스님께서 그 소년을 잊지 못하는지 스님의 마음은 헤아리는 않는다.

불교에서, 특히 선가에서 자주 듣는 단어 중 하나가 불립문자不立文字다. 말과 글을 먼저 내세우지 말라는 뜻이다. 말과 글에 갇히지 말고 해방되라는 것이 불립문자의 진정한 의미다. 말과 글을 부정하는 말이 아니다. 수행자들이 실참實參을 중요하게 여기는 것처럼 체험을 강조하는 말이다. 관념의 울타리 안에 든 지식보다 관념을 벗어난 지혜를 체득하라는 뜻이다. 그래서 지식을 남의 것이라고 하고, 지혜를 내 것이라고 한다.

달을 가리키는 손가락을 보지 말고 달을 보라는 말도 있다. 손가락은 지식이고 달은 지혜가 된다. 스승이 경책할 때 말의 낙처落處에 떨어지지 말라고 한다. 술을 놔두고 술 찌꺼기를 먹지 말라는 뜻이다. 날마다 화제가 되었던 신문배달 소년 기사도 사람들 모두가 법정스님이 유언한 말씀의 낙처에 떨어져 있는 셈이다.

서른부터 다가온 반야심경의 행복

나는 법정스님께 당신의 소년시절 얘기를 많이 들었던 편이다. 스님께서 당신의 소년시절 얘기를 언뜻언뜻 해주셨던 것이다. 스님의 수필에 단 한 번도 나오지 않는 얘기들이 대부분이었다. 해남 우수영 보통학교를 졸업한 스님께서는 중학교 때부터 목포로 유학을 갔다. 스님께서 4살 때 아버지가 폐병으로 돌아가셨기 때문에 작은아버지가 학비를 대주었다. 그러나 작은아버지가 제때에 학비를 보내기가 어려웠다. 우수영 선창에서 배표를 끊는 직업을 가졌던 작은아버지도 자식들을 가르쳐야 했기 때문이다. 한번은 납부금 기한을 넘겼는데도 학비가 올라오지 않았다. 그래서 스님은 부랴부랴 우수영으로 내려갔지만 작은아버지는 미안해할 뿐이었다. 스님이 울면서 목포로 올라가려 하자 작은아버지 빵가게에서 잡무를 보던 집사가 돈을 마련해주어 위기를 넘긴 적도 있었다. 고등학교 때는 인쇄소에서 아르바이트를 하여 생활비를 보태기도 했다. 학비와 생활비는 대학교를 중퇴할 때까지 내내 스님을 괴롭혔다.

신문을 배달하던 고학생을 잊지 못하는 배경에는 스님의 아픈 과거사랄까, 그런 눈물겨운 사연이 있는 것이다. 스님은 신문 배달하는 학생을 자신의 분신으로 보고 평생 연민의 정을 느꼈다. 그러니 신문을 배달했던 그 학생을 찾으려 하는 것은 어리석은 일일 수밖에 없다. 책을 살 돈이 없는 고학생들에게 스님이 머리맡에 읽던 책들을 구입하여 나누어 주면 해결될 일이다.

불일암 시절이니 1975년의 일이다. 인세수입이 생긴 스님께서 맨 먼저 남모르게 한 것은 고학생들에게 학비를 지급하는 일이었다. 당신이 학비를 내지 못해 그 고통이 얼마나 큰 것인지를 알고 있기 때문이었다. 한번은 스님께서 불일암 신도가 운영하는 '베토벤음악감상실'에 간 적이 있었다. 광주 사람들이 즐겨 찾는 대여섯 평 규모의 조그만 음악 감상실로 나도 몇 번 가본 적이 있는 클래식 전문음악감상실이었다. 스님은 그곳에서 한 학생의 딱한 처지를 이야기 듣고 불일암으로 돌아 온 뒤 음악감상실 사장에게 학생의 납부금 고지서를 그곳에 놓고 가라고 일렀다. 그때부터 스님은 학생 몇 명을 추천받아 공부를 계속할 수 있게 해주었다. 학비를 대주는 조건은 절대로 알리지 말라는 것 하나뿐이었다. 스님은 학생의 얼굴도 가능한 마주치지 않으려고 계좌번호로 송금하거나 미리 약속한 장소에 놓고 왔다.

내가 이런 얘기를 스님으로부터 처음 들었을 때가 1993년도였다. 스님은 강원도 오두막에 계시면서 '맑고 향기롭게' 모임을 준비하기 위해 창경궁 앞에 작은 사무실을 전세 얻어 놓고 있었는데, 그해 소득세 세금이 너무 많이 나와 세무서에 문의했더니 그동안 지급했던 장학금 영수증을 가져오라고 한다며 난감해하셨던 것이다. 그러니까 정부에서 금융실명제를 실시하지 않았더라면 세상에 알려지지 않았을 일이었다. 물론 스님께서 입적한 뒤에는 스님의 학비를 받아 외국유학을 가고, 대학을 졸업한 학생들이 끝내 함구했을 리는 없었겠지만 말이다.

스님은 절대로 베푼다는 표현을 쓰지 않았는데, 그 이유는 본래

서른부터 다가온 반야심경의 행복

'내 것'이란 없다는 통찰 때문이었다. 베푼다는 것은 내 소유물을 누군가에게 주는 행위라고 말씀하셨다. 대신, 스님은 나눈다는 말씀을 자주 했다. 나눈다는 것은 잠시 맡아 지닌 것을 누군가에 돌려준다는 행위이기 때문이었다.

스님은 공空의 입장에서 '내'가 없는데 하물며 '내 것'이 어디 있겠느냐고 무소유관을 말씀하셨다. 〈무소유〉는 스님이 39세 때 쓰신 글로 깊은 공성空性을 깨달으시고 집필했다기보다는 난에 집착하는 자신의 어리석은 모습을 보고, 그 집착을 놓아버리는 방하착放下着의 지혜를 깨달은 이야기다. 잠시 스님의 〈무소유〉를 읽어보지 않을 수 없다.

'난초를 뜰에 내놓은 채 온 것이다. 모처럼 보인 찬란한 햇볕이 돌연 원망스러웠다. 뜨거운 햇볕에 늘어져 있을 난초 잎이 눈에 어른거려 더 지체할 수가 없었다. 허둥지둥 그 길로 돌아왔다. 아니나 다를까, 잎은 축 늘어져 있었다. 안타까워 안타까워하며 샘물을 길어다 축여주고 했더니 겨우 고개를 들었다. 하지만 어딘지 생생한 기운이 빠져버린 것 같았다.

나는 이때 온몸으로, 그리고 마음속으로 절절히 느끼게 되었다. 집착이 괴로움인 것을. 그렇다. 나는 난초에게 너무 집착해 버린 것이다. 이 집착에서 벗어나겠다고 결심했다. (중략)

며칠 후, 난초처럼 말이 없는 친구가 놀러 왔기에 선뜻 그의 품에 분을 안겨주었다. 비로소 나는 얽매임에서 벗어난 것이다. 날듯 홀가

분한 해방감. 3년 가까이 함께 지낸 유정有情을 떠나보냈는데도 서운하고 허전함보다는 홀가분한 마음이 앞섰다. 이때부터 나는 하루 한 가지씩 버려야겠다고 스스로 다짐을 했다. 난초를 통해서 무소유의 의미를 터득했다고나 할까.'

이후 스님은 무소유를 실천했다. 스님은 어디를 가건 일관되게 사셨다. 불필요한 것은 버리고 또 버렸다. 강원도 오두막에서는 책을 읽는 경상 한 개와 등잔 한 개로 만족했다. 등잔불을 켜면서 전기의 고마움을 느꼈다. 산촌 농부들이 버린 배추이삭을 주워와 국을 끓여 드셨다. 스님이 말씀한 무소유는 소유를 부정하는 것이 아니라 군더더기를 버리는 수행이었다. 불필요한 것까지 소유하지 않는 욕심을 비우는 정진이었다. 스님께서 내게 하신 말씀이다.

"나는 원고를 쓰다 보니 만년필을 좋아해요. 누가 선물해 두 개를 갖게 된 적이 있어요. 그러다 보니 한 개를 사용하던 때의 살뜰함이 사라져요. 만년필 하나를 가지고 글을 쓰지 두 개를 가지고 쓰지는 않잖아요. 그래서 선물한 사람에게 미안한 일이었지만 만년필 한 개를 다른 사람에게 주어버렸어요. 그러고 나니 만년필에 대한 고마움이 다시 들어요. 무소유란 그런 겁니다. 군더더기를 갖지 않아야 살뜰함도 생기고 고마움도 더합니다."

스님의 통장 잔고는 늘 강진의 다산 유배지나, 추사 유배지가 있는 제주도 가는 여행 경비 정도였다. 학비가 없어 고통 받는 고학생들에

스님은 무소유를 실천했다.
불필요한 것은 버리고 또 버렸다.
소유를 부정하는 것이 아니라 군더더기를 버리는 수행이었다.

게 다 나누어 주었기 때문이었다. 입적하기 전에 제자들의 강권으로 병원에 입원하셨을 때는 정작 밀린 병원비를 내지 못할 정도로 궁했다.

입적하시기 전 의식이 명료할 때 제자들에게 당부했다. 39세 때 잡지에 발표했던 〈미리 쓰는 유서〉와 같이 검은 의식도 군더더기를 버리라고 했다. 관도 짜지 말고 수의도 입히지 말고 평소 입은 승복을 그대로 화장하라고 유언했다. 화장도 사실은 지체하지 말고 숨을 거두는 순간 바로 보통사람들처럼 일반인 화장장으로 옮겨 다비하라고 했다. 공연히 장례기간을 정해 주위 사람들을 번거롭게 하지 말고, 생나무를 배어 장작을 만들지 말라고 했던 것이다.

그러나 제자들은 그 유언만은 지킬 수 없었다. 장례를 삼일장으로 정하고 대나무 평상 위에 스님의 법체를 올린 뒤 가사만 한 장 덮은 채 다비장으로 모셨던 것이다. 상좌 한 분이 '화중생련火中生蓮'을 외치자고 했다. 그러자 스님은 불길 속에서 연꽃으로 환생하는 것 같았다. 연꽃향기 같은 법향法香이 다비장에 퍼졌던 것이다. 나는 그 향기 때문에 다비장을 떠나지 못했다. 다른 추모객들도 마찬가지였다.

나는 다비장을 내려오면서 저 추모 열기의 근원이 무엇일까 하고 생각했다. 마침 스님께서 평소에 하신 말씀이 뇌리를 스쳤다.

"현대로 올수록 사람들은 '소유'가 강요하는 정신적 고통에서 벗어나고픈 열망을 더욱 갖게 되는 것 같아요. 〈무소유〉 책을 낼 때만 해도 '무소유'란 개념도 없었고, 그걸 정신적 가치로 알아주는 분위기

도 아니었지요. 출판사가 난색을 표하는 걸 내가 우겨서 책 제목으로
했으니까요."

나는 다비장을 내려와 불일암으로 향했다. 스님께서 나에게 법명
을 주시고 계를 주시던 불일암으로 가지 않을 수 없었던 것이다.

이제는 풍류를
알아야 할 때

십여 일 전에 비슬산에 있는 절을 다녀왔다. 〈삼국유사〉를 읽다가 발견한 절인데, 아주 오래 전에 해질녘이 되어 스치고 말았던 적이 있어 이번에는 작심하고 들렀다. 자기가 사는 처소를 나선다는 것은 '바람 쐬기'이다. 집을 나서 다른 마을의 바람만 쐬어도 근심 걱정은 덜어진다. 삼사순례도 심리적인 측면에서는 '바람 쐬기' 혹은, 바람처럼 걸림 없이 돌아다니는 순례이므로 '바람 타기'라고 해도 무방할 것이다. 바람의 특성은 집착이 없다. 어디든 가고 싶은 데로 불어가는 것이 바람이다. 그러니 '바람 쐬기'나 '바람 타기'는 곰팡이처럼 피어나는 일상의 집착을 털어내는 작용을 한다. 근심 걱정이 씻기어진다는 것은 본래의 건강한 나로 돌아간다는 뜻이기도 하다.

불자가 절에 가는 이유는 무엇일까? 아마도 대부분 기도와 염불이 목적일 것이다. 그러나 이제는 잃어버린 시심詩心이랄까, 낭만을 되

　　　　　　　　　서른부터 다가온 반야심경의 행복

찾는 곳이 절이 돼야 한다. 기도와 염불이 목적을 갖는 일[有爲]이라면, 시심의 회복이나 낭만은 노는 행위[無爲]이다. 원래 원시사회에서는 일과 노는 것이 하나였다. 그러나 현대로 오면서 일과 노는 것이 분리돼 버렸다. 일은 쓸모가 있고, 노는 것은 쓸모가 없다는 식으로 변질돼버린 것이다. 그러나 일하는 인간이 행복한가? 절대로 그렇지 않다. 오히려 잘 쉴 줄 알고, 잘 놀 줄 아는 사람이 행복한 사람이다.

절에는 정신의 놀이라고 할 수 있는 시詩가 있다. 절은 한 권의 시집詩集이다. 표의문자인 한자의 시詩자는 말씀 언言자와 절 사寺가 결합된 것이다. 사심을 털어버린 불자나, 수행자의 탈속한 말은 곧 시가 된다. 불립문자라 하여 시문을 경원시하는 스님이 더러 있는데 천만의 말씀이다.

천년고찰을 가보면 어디나 고승들의 절창이 남아 있다. 그런데 그 시들을 시판詩板을 만들어 보여주는 절들은 찾아보기 힘들다. 관심과 인식이 부족해서다. 시비를 세운답시고 거창하게 돌에 새길 필요는 없다. 쓰고 남은 나무판자에 대중스님의 붓글씨로 소박하게 소개하면 그뿐이다.

비슬산에 자리한 절은 유가사였다. 유가사는 통일신라 흥덕왕 2년 도성국사道成國師가 창건했다고 하는데, 도성은 보각국사 일연스님이 편찬한 〈삼국유사〉에 나오는 도인이다. 〈삼국유사〉 제 5권 피은편避隱篇 포산 이성包山二聖, 즉 포산의 두 성인을 얘기하는 부분에 나온다. 포산은 현재의 비슬산을 말하는데, 그 아름다운 내용을 요약하여 소개하자면 다음과 같다.

'신라 흥덕왕 때 관기觀機와 도성道成이란 두 스님이 포산에 숨어 살고 있었다. 관기는 남쪽 고개에 암자를 짓고, 도성은 북쪽 굴에 살았는데 서로의 거리는 10리쯤 되었다. 두 스님은 달이 뜨는 밤이면 구름길을 헤치고 노래하면서 서로 오갔다.

두 스님의 마음을 산 속의 나무들이 전해 주었다. 도성이 관기를 만나고 싶어 하면 비슬산 나뭇가지들이 일제히 관기가 사는 쪽으로 굽혀 주었고, 관기가 도성을 만나고 싶어 하면 그 반대로 움직여 주었다.

이렇게 서로 왕래하기를 몇 해가 지났다. 도성은 어느 날 자신이 좌선하던 높은 바위에서 하늘로 몸을 날려 떠났다. 이에 관기도 뒤따라 세상을 떠났다. 도성이 좌선하던 도성암道成岩은 높이가 두어 길이나 되는데, 훗날 스님들이 그 굴 아래에 절을 지었다.'

그런데 미당 서정주 시인은 〈삼국유사〉의 이 구절을 보고 〈도인의 상봉시간〉이란 제목의 시를 지어 남긴다.

도인 관기는 소슬산 남쪽 봉우리 아래 초막을 엮어 살고, 도인 도성이는 소슬산 북녘 모롱 밑 동굴 속에 계시면서, 서로 친한 친구인지라, 십리쯤 되는 둘 사이를 오락가락하고 지냈습니다

서른부터 다가온 반야심경의 행복

만, 그 만나는 시간 약속은 모년 모월 모일 모시와 같은 우리들이 쓰는 그런 딱딱한 것이 아니라, 훨씬 더 멋들어진 딴 표준을 썼습니다.

즉 너무 거세지도 무력하지도 않은 이쁜 바람이 북에서 남으로 불어 산골 나뭇가지의 나뭇잎들이 두루 남을 향해 기울며 나부낄 때면, 북령의 도성이는 그걸 따라 남령의 관기를 찾아 나섰고, 그 바람을 맞이해서 관기는 또 마중을 나왔어요.

적당히 좋은 바람이 그와 또 반대로 남에서 북으로 불어 산의 나뭇가지의 나뭇잎들을 모조리 북을 향해 굽히고 있을 때는, 남령의 관기가 북령의 도성이를 찾아 나서고, 도성이는 또 그 바람을 보고 마중을 나오고…. 어허허허허허허!….

유가사 입구에 이르니 일연스님의 시비詩碑가 먼저 반겼다. 바위 앞면과 뒷면에 각 한 편씩 새겨져 있는데, 두 편 모두 관기와 도성의 얘기를 듣고 쓴 일연스님의 시로서 빼어난 절창이었다.

산나물 풀뿌리로 배를 채우고
나뭇잎 옷으로 몸을 가리우니
누에 치고 베 짜지 않았네

찬 솔 나무 돌너덜에 소슬바람 불어

해 저문 숲엔 나무꾼도 돌아가고

깊은 밤 달 아래 앉아 선정에 들어

이윽고 부는 바람 따라 반쯤 날았도다

해진 삿자리에 가로누워 잠이 들어도

꿈속에서라도 혼은, 속세에 이르지 않았으니

구름이 놀다 간 두 암자 터에

산 사슴 마구 뛰놀고 인적은 드물구나.

같은 바위 다른 면에 새겨진 시도 역시 속기가 느껴지지 않았다.

달빛 밟고 서로 오가는 길 구름 어린 샘물에 노닐던

두 성사의 풍류는 몇 백 년이나 흘렀던가

안개 자욱한 골짜기엔 고목만 남아 있어

뉘었다 일어나는 찬 나무 그림자 아직도 서로 맞이하는 듯.

相過踏月弄雲泉 二老風流幾百年

滿壑煙霞餘古木 偃昻寒影尙如迎

특히 이 시에서는 두 번째 행의 풍류風流라는 단어가 눈에 띄었다.
풍류란 음주가무가 아니라 관기와 도성처럼 바람이 흐르는 방향을
보고, 서로의 마음을 읽는 '고도의 낭만'인 것이다. 우리 한국인만의

서른부터 다가온 반야심경의 행복

절에는 정신의 놀이라고 할 수 있는 시詩가 있다.
절은 한 권의 시집詩集이다.
한자의 시詩자는 말씀 언言자와 절 사寺가 결합된 것이다.

멋이 있다면 바로 그런 것이 아닐까. 처마 밑을 스치는 바람에 귀를 맡겨보고, 절 마당가에 선 나뭇잎의 흔들림을 보고서 시심에 젖어보는 그런 낭만이 바로 풍류가 아닐까 싶다.

중국에서 돌아온 최치원은 풍류를 유불도 삼교가 포함된 우리나라 고유의 그윽하고 현묘한 도玄妙之道라고 했다. 우리나라에만 있는 도道라고 한 것이다. 우리 민족만이 가지고 있는 고도의 정신, 삶의 방법, 낭만이란 뜻이다. 풍류도 일종의 노는 일인데, 우리나라에서는 그 의미가 자못 깊다. 일하는 것만 가치 있는 일은 아닐 터이다. 어쩌면 시를 읊조리는 것과 같이 풍류 차원의 노는 일이 더 중요할지도 모른다. 네덜란드의 학자 하위징아Johan Huizina는 인간을 아예 '노는 인간(호모루덴스)'이라고 정의할 정도어다.

천왕문 가까이에서는 백담사 조실 오현스님의 시비도 보았다. 아직 관기와 도성의 풍류에는 이르지 못한 느낌이나 '싸락눈 매운 향기'라는 구절이 가슴을 적셨다.

비슬산 구비 길을 누가 돌아가는 걸까/ 나무들 세월 벗고 구름 비껴 섰는 골을/ 푸드득 하늘 가르며 까투리가 나는 걸까
거문고 줄 아니어도 밟고 가면 韻 들릴까/ 끊일 듯 이어진 길 이어질 듯 끊인 緣을/ 싸락눈 매운 향기가 옷자락에 지는 걸까
절은 또 먹물 입고 눈을 감고 앉았을까/ 萬첩첩 두루 적막 비워

　　　　　　　　　　서른부터 다가온 반야심경의 행복

뒤도 좋을 것을/ 지금쯤 멧새 한 마리 깃 떨구고 가는 걸까

　경내로 들어서니 외호신장을 모신 깜찍한 국사당局司堂 옆에 육조 혜능대사의 게송이 새겨진 시비도 서 있었다.

　　보리에는 본래 나무가 없고
　　밝은 거울 또한 받침대가 아니다.
　　본래 한 물건도 없는데
　　어느 곳에 때와 먼지가 끼리요.

　방아지기 행자 혜능은 이 게송을 지어 오조 홍인대사의 법을 잇는 상수제자上手弟子로 비약하였던 것이다. 주지스님은 출타하고 없었고, 소임을 보는 한 스님이 차를 권하나 나는 다음 기회로 미루었다. 혜능대사의 '본래 한 물건도 없는데 어느 곳에 때와 먼지가 끼리요' 하는 구절에서 눈에 낀 헛것이 떨어진 듯해서 좋은 차를 마신 것 이상의 기분이었기 때문이었다.

자비와 사랑은
다르다

'부처님 오신 날'이 지나간 지 며칠 되지 않았다. 내가 사는 곳에서 내려다보이는 쌍봉사 경내와 연못에는 아직도 연등이 걸려 있다. 비가 왔지만 그대로 걸려 있는 것을 보면 종이연등이 아니다.

부처님 일생 이야기인 〈부처님 팔상록〉을 보면 두 번째로 비람강생상毘藍降生相이 나온다. 비람이 어느 곳의 지명인지 모른 분이 많다. 나도 처음에는 무슨 말인지 헷갈렸다. 그도 그럴 것이 '비람'이란 단어가 어떤 불경에도 나오지 않기 때문이다. 부처님이 탄생하신 곳은 현재 네팔의 '룸비니'이다. 고유명사인 '룸비니'가 어떻게 '비람'이 됐는지 정확한 근거가 없으므로 음역音譯을 하는 과정에서 '룸비니-람비니-람비-비람'이 된 것이 아닐까 하고 추정해 볼 뿐이다.

강생降生이란 다 알다시피 신이나 보살이 태어나는 것을 높여 부르는 말이다. 그러니 비람강생상을 우리말로 풀자면 '부처님께서 룸비

서른부터 다가온 반야심경의 행복

니 동산에 태어나시는 모습' 정도일 것이다.

부처님은 도솔천에서 호명보살로 계실 때 10바라밀을 닦으신 분이다. 도솔천에서 10바라밀을 닦으셨는데, 6바라밀 외에 4바라밀을 더 닦으신바 방편方便바라밀, 원願바라밀, 역力바라밀, 지智바라밀이 그것이다. 일반 불자들의 귀에 생소하게 들리는 역바라밀은 그릇된 것을 깨트려 중생을 제도하는 바라밀이고, 지바라밀은 일체법을 아는 바라밀이라고 이해하면 된다.

방편바라밀을 닦으신 까닭은 우리가 사는 사바세계에 방편으로 오시기 위해서였다. 마야부인의 모태 속으로 들어가 태자의 몸을 받기 위해 그랬고, 원바라밀은 태자의 몸을 받고 태어나 성불하여 세상의 모든 중생을 제도하겠다는 원력을 위해 닦으셨던 것이다.

부처님은 태어날 시기와 장소도 미리 정했다. 시기를 선택한 까닭은 세상이 너무 평화로우면 신앙심이 생겨나지 않고, 세상이 너무 타락해 있으면 신앙심이 메말라 있을 것 같아서였다. 장소는 상업이 발달한 카시국의 바라나시보다는 사람들이 순박하고 농업 도시국가인 카필라성을 택했다. 그리고 계급은 크샤트리아 즉 귀족인 무사계급을 선택했다. 제사를 주관하는 바라문은 종교적으로 편견이 있을 것 같았기 때문에 무슨 사상이든지 받아들일 수 있는 크샤트리아를 택한 것이다. 그러고 보면 부처님의 탄생은 도솔천 천인들의 간청도 있었지만 무엇보다 부처님 자신의 의지에 의한 것임을 잊어서는 안 될 것 같다. 중생은 자신의 의지와 상관없이 윤회 속에서 태어나기 때문이다.

부처님이 이 세상에 오신 뜻은 한 마디로 중생을 제도하기 위해서였다. 2천6백여 년 전에 부처님이 그러했듯 우리들도 이 세상을 살아가는 원력이 있어야 할 것 같다. 그것이 바로 부처님 오신 날을 뜻 깊게 하는 것이 아닐까 싶다. 관욕의식이나 치르고 소원성취를 위해 연등이나 다는 날이라고 생각한다면 진정한 불자라고 말하기 어렵다. 우리 자신이 관음보살이 되고, 지장보살이 되고, 약사여래가 돼야 한다. 2천6백여 년 전에 오신 부처님을 자기화 시켜야 날마다 좋은 날이 될 것이다. 무엇을 간절히 원하는 사람에게 그 소원을 성취시켜 준다면 우리가 관음보살이 되고, 절망하는 사람에게 위안을 주고 희망을 준다면 지장보살이 되고, 마음의 병으로 고민하는 사람에게 따뜻한 웃음을 선사한다면 그 사람이 바로 약사여래이다.

부처님은 태어나자마자 첫 말씀을 이렇게 하셨다.

'천상천하유아독존 삼계개고아당안지天上天下唯我獨尊 三界皆苦我當安之'

우리말로는 '하늘 위아래 나(부처님) 홀로 존귀하도다. 삼계 중생의 모든 고통을 내가 없애 편안케 하리라.'이다.

유아독존을 자기과시나 독선으로 잘못 이해하고 있는 사람들이 많다. 뒷말을 생략한 채 받아들이기 때문에 그렇다. 삼계의 모든 중생들이 받는 고통을 없애 주겠다는데, 이보다 더 큰 원력을 세운 성자가 이 세상에 어디 있는가. 한 마디로 부처님이 세상에 던진 '자비선

언'이 아닐 수 없다.

사람들은 부처의 '자비'와 예수의 '사랑'이 같은 줄 안다. 그러나 그 깊이와 넓이는 분명 다르다. 내가 이해하기로는 예수의 사랑은 인간 과 신, 혹은 이웃 간에 결합된 영성靈性의 인식이고, 부처의 자비는 나와 우주가 한 몸이라는 연기적인 불성佛性의 자각이다. 그러니까 고승이 깨달음을 이루었다는 것은 나와 우주가 한 몸이라는 연기緣 起를 체험했다는 뜻도 된다. 따라서 자비 속에서는 생명이 있든 없든 간에 이 세상의 모든 유무정有無情들에게 한없는 헌신과 희생이 가능 하고, 기독교의 사랑은 영혼이 있는 생명들과의 관계 속에서만 이루 어지는 인간 중심의 한계적인 것이다.

절에 강연을 나가 가끔 불자들로부터 질문을 받는데, 예수의 사랑 과 부처의 자비가 어떻게 다르냐는 것이 단골질문 중 하나다. 얼핏 생각하기에는 비슷하지만 자세히 살펴보면 이와 같이 전혀 다르다.

자비심은 나와 남이 한 몸이라는 깨달음에서 나온 마음이기 때문 에 즐거울 때는 함께 웃고, 고통에 처했을 때는 함께 눈물을 흘릴 수 밖에 없다. 마치 어머니와 자식들 간의 유대관계와 같다.

그러니 풀 한 포기, 개미 한 마리가 죽는 것만 보아도 슬퍼하는 것 이 자비심이다. 부처님은 네란자나강 부근에서 고행하시면서 목이 탈 때도 물 한 방울을 쉽게 마시지 못했는데, 물 한 방울 속에도 수많 은 생명들이 살고 있기 때문이었다.

언젠가 내 산방에 스님 한 분이 오신 적이 있다. 스님은 군대에 가서 훈련병 시절에 자신의 별명이 울보였다고 얘기했다.

"거사님, 저는 논산훈련소에서 참으로 괴로웠습니다."

"스님 신분으로 훈련이 힘들어서 그랬습니까?"

"아닙니다. 풀 뽑는 사역을 나가는 것이 괴로웠습니다. 풀을 뽑을 때마다 마음이 아파서 울었습니다."

"잡초를 뽑는데 그랬단 말입니까?"

"풀도 살려고 하는 생명이라는 생각이 들어 마음이 아팠던 것 같습니다."

스님을 보고 있는 내 눈이 맑아지는 것을 느꼈다. 금생에 스님이 될 수밖에 없는 선근을 가진 분이시구나 하고 마음속으로 합장했다. 아무런 생각 없이 마당에 난 잡초를 뽑아냈던 내 자신이 부끄럽기도 했다. 그러고 보니 잡초는 뽑히지 않으려고 발버둥을 쳤던 것도 같다. 잡초를 뽑고 난 뒤에는 살려고 하는 잡초와 힘겨루기라도 한 듯 팔이 뻐근하고 손가락이 잘 오므려지지 않았던 것이다.

내가 부처님의 자비를 좋아하는 또 다른 이유는 선과 악으로 구분하는 기독교의 세계와 달리 선과 악 모두를 껴안고 있다는 사실이다. 미국의 대통령 부시가 이라크를 악의 축이라 하여 십자군을 보내듯 미군을 파병하여 전쟁을 치른 악행도 기독교의 논리로는 가능할 일일 것이다.

그러나 불법에서는 아예 불가능한 일이다. 육조 혜능대사는 자신을 해치려고 온 도명에게 선도 악도 생각하지 말라고 했다. 악은 물

자비 속에서는
생명이 있든 없든 간에 이 세상의 모든
유무정有無情들에게 한없는 헌신과 희생이 가능하고,
기독교의 사랑은
영혼이 있는 생명들과의 관계 속에서만 이루어지는
인간 중심의 한계적인 것이다.

론이지만 선도 집착하면 번뇌 망상의 원인이 되기 때문이다. 법정스님도 어느 날 불일암에서 내게 말씀하신 적이 있다.

"봉은사 다래헌 시절에 반독재운동을 한 적이 있어요. 그런데 어느 날 내 자신을 보니까, 마음속에 증오심과 적개심이 있어요. 수행자의 모습이 아니라서 참회를 했지요. 아무리 좋은 운동이라 하더라도 내 인격 형성으로 이어지지 않으면 의미가 없다는 결론을 내리고 불일암으로 내려왔지요. 내가 증오하던 상대들에게도 기도를 해야겠다는 자각이 들었어요. 나무로 치자면 그들이 바로 여러 가지 중에 병든 가지라는 생각이 들었던 것이지요."

적개심을 갖게 했던 지도자도 한 뿌리에서 나온 나무의 병든 가지이니 수행자로서 치유할 대상이라는 말씀이었다. 한 나무의 가지와 잎이 건강하려면 어느 한 가지도 병들어서는 안 되기 때문이다. 동체대비를 새삼스럽게 들먹일 것도 없이 명백한 연기의 도리다.

나와 친한 분 중에는 장좌불와를 40여 년 한 학자도 있다. 출가하려고 금산사로 갔는데 그곳의 한 스님이 장좌불와 하면 출가하지 않고서도 도인이 된다고 하여 그때부터 장좌불와를 했다는 분이다. 전남대 의대를 정년퇴직한 미생물학자 정선식 명예교수가 바로 그분이다. 그분의 얘기도 불법의 자비가 무엇인지를 느끼게 했다.

"서양의 의학자들은 병균을 죽이는 항생제를 한때는 전지전능한 마법의 탄환이라고 불렀습니다. 그런데 일부 균은 항생제의 강력한 공격에도 살아남았고 내성이 키워진 균의 독성은 치명적이 되고 말았지요."

그래서 정 박사는 프랑스에서 귀국한 이후부터 25년째 균을 죽이기보다는 균을 달래서 독성을 순화하여 공생하는 쪽으로 연구하게 됐다고 한다. 그러는 동안 해로운 균이나 이로운 균이나 생명의 가치는 같다는 사실을 깨달았다며 웃었다. 자비심을 떠올리게 하는 정 박사의 깨달음 정도면 어느 새 수행자의 울타리 안으로 넘어온 것은 아닐까 하는 생각이 든다.

우리나라 최초로 비브리오 폐혈균을 발견한 미생물학자 정 교수의 얘기 속에서도 예수의 사랑과 부처님의 자비가 어떻게 다른지 깊이 사색케 해준다. 자비심 속에서는 선도 악도 없다.

화두란 대문을
두드리는 기와조각

선가禪家의 용어인 화두話頭가 이제는 산중 선방에서 저잣거리로 내려와 보통명사로 활용되고 있는 느낌이다. 화두를 들고 공부하는 참선參禪이 출가 수행자들의 울타리를 넘어 도회지에 사는 가정주부나 직장인들은 물론 목사와 신부들에게도 관심과 호기심을 불러일으키고 있는 것이다. 도심 속의 빌딩에 시민선방이나 명상센터 등이 빠르게 자리 잡고 있는 현실이 그 증거다.

화두에 대한 보통사람들의 접근법이 다분히 실용적이어서 깨달음에 이르고자 하는 수행자들의 참선수행과는 본질적으로 차이가 나지만 그래도 참선이 현대인의 병든 영혼과 불안한 삶을 치유하는 데 좋은 대안이 되고 있음은 환영할 만한 일이다. 화두를 들고 고요히 자기를 관조하는 순간만은 시비와 갈등으로 '파도치는 나'에서 잔잔한 바다처럼 잔잔한 '본래의 나'로 돌아올 수 있어서다. 선 수행자들

서른부터 다가온 반야심경의 행복

은 그러한 상태의 마음을 무심無心이라 하는데, 무엇에도 휘둘리지 않는 '본래의 나'라고 해도 무방할 것이다.

공안公案 혹은 고칙古則이라고 불리기도 하는 화두는 글자 그대로 풀이하자면 두頭는 접미사로 아무 뜻이 없으므로 '선사들이 쓰는 특별한 말話'을 가리킨다고 할 수 있다. 물론 화두를 생각과 말길이 끊어진 '일상적인 말을 초월하는 격외格外의 말'인 말머리로 풀이할 수도 있다.

'불전佛前 삼천배'로 유명한 성철스님은 해인사 법당에서 법문하던 중에 화두를 암호에 비유하기도 했다.

"예전 종문宗門의 스님들은 화두를 암호밀령暗號密令이라 했습니다. 암호는 말하는 것과 그 속뜻이 전혀 다릅니다. 암호로 하늘 천天할 때 그냥 하늘인 줄 알았다가는 영원히 모르고 마는 것과 마찬가지로 공안은 모두 다 암호밀령입니다. 깨쳐야만 알 수 있는 것이지 그 전에는 모릅니다."

그러니 사유와 분별을 거부하는 화두를 놓고 그 속뜻을 풀이한다는 것은 무모하고 불가능한 일이다. 화두의 생명은 체험하는 데 있을 뿐이므로 설명하면 말하는 사람이나 듣는 사람이나 화두의 생생한 역동성을 잃어버리기 때문이다. 성철스님은 일본 어느 대학교에서 30여 년 동안 연구하여 간행한 〈선학대사전禪學大辭典〉을 보고 독설을 퍼부은 것도 그런 우려에서였다.

"일본에 불교가 전래된 이후 가장 나쁜 책이 무엇이냐 하면 〈선학대사전〉입니다. 화두를 해설하는 법이 어디 있습니까?"

두말 할 것도 없이 화두를 드는 데 생각으로 헤아리는 알음알이知解를 경계하라는 당부가 아닐 수 없다. 그렇다고 화두가 탄생한 역사적 배경이나 그 경위까지 부정한 말씀은 아닐 터이다. 멀리 갈 것도 없이 인천 용화사에 계셨던 전강스님이나 통도사 극락암에 계셨던 경봉스님 등 깨달음을 이룬 우리나라 현대고승들의 법어집이나 어록을 보면 자주 조사들의 공안을 예로 들고 있는 것이다.

선가에는 1천7백여 가지의 공안이 있는데, 그 공안을 모아 소개하고 있는 대표적인 중국 선어록으로 무문無門 혜개慧開선사의 〈무문관無門關〉과 원오 극근克勤선사의 〈벽암록碧巖錄〉 등이 있다. 그렇다고 공안이 1천7백여 개뿐이라는 말은 아니다. 우리나라 고승들도 화두를 남기고 있으니 많은 사람들의 마음을 격동케 한 성철스님의 '불전 삼천배'나 경봉스님의 '극락에는 길이 없는데 어떻게 왔는가?' 등이 바로 그것이다.

가장 많은 공안을 남긴 고승이 있다면 바로 중국의 조주선사이리라. 화두 중에 화두라고 불리는 무無자 화두도 조주선사와 한 학인의 문답에서 유래하고 있다. 〈무문관〉의 제 1칙이기도 한데, 무자 화두가 탄생한 배경은 이렇다.

어느 때 한 스님이 조주선사에게 물었다.

"개에게도 불성이 있습니까. 없습니까?"

이에 조주선사가 대답했다.

"없다(無)."

그 스님이 다시 물었다.

"일체 중생이 모두 불성이 있다고 했는데, 어째서 개에게 불성이 없다고 합니까?"

"그대에게 분별망상業識性이 있기 때문이다."

그대는 아직 깨치지 못하여 분별하는 마음을 내고 있으니 "없다"라고 대답했다는 것이 조주 무자 화두가 탄생한 배경이다.

〈무문관〉의 제7칙은 조주세발趙州洗鉢이란 화두를 소개하고 있다.

조주에게 어느 학인이 물었다.

"총림에 공부하러 왔습니다. 잘 지도해 주십시오."

이에 조주선사가 도리어 물었다.

"그대는 죽을 먹었는가, 아직 안 먹었는가?"

"먹었습니다."

"그렇다면 바리때를 씻게나."

조주선사는 평상의 마음이 바로 도道라는 사실을 그렇게 말했다.

무자 화두 못지않게 많이 회자되는 조주선사가 남긴 화두는 〈무문관〉 제37칙에 나오는 '뜰 앞의 잣나무庭前柏樹子'이다. 조주선사가 입적 때까지 40년간 주석한 관음원(觀音院: 지금의 백림선사栢林禪寺)을 찾아가 보니 실제로는 잣나무가 아니라 중국인들이 좋아하는 측백나무였으나 일상을 초월하는 화두의 세계에서는 번역이 잘못되었다고 해도 별 의미가 없다고 본다.

한 스님이 조주선사에게 물었다.

"조사가 서쪽으로 오신 뜻이 무엇입니까?祖師西來意?"

"뜰 앞의 잣나무이니라."

전국의 어느 선원이나 동안거와 하안거가 있다. 철이 되면 결제에 들어간다. 안거 3개월 동안은 앞니에 곰팡이가 필 정도로 치열하게 침묵의 정진을 해야 한다. 이 같은 상황에서 판치생모板齒生毛라는 화두가 생겨났다. 〈조주어록〉 중권에 다음과 같은 공안이 나온다.

어느 스님이 물었다.

"어떤 것이 조사가 서쪽에서 오신 뜻입니까?"

이에 조주선사가 말했다.

"앞니에 곰팡이가 났다板齒生毛."

판치板齒는 판자처럼 넓은 이, 즉 앞니를 가리킨다. 달마대사를 '앞니 없는 노인[板齒老漢]'이라고 불렀다. 이교도의 박해를 받아 앞니가 부러졌던 것이다. 그래서 달마대사를 결치도사缺齒道師라고도 부르다. 조주선사는 달마대사가 조그만 동굴에서 9년 동안 면벽 수행을 했기 때문에 앞니에 곰팡이가 났다고 대답했던 것이다.

10여 년 전에 입적한 해인사 일타스님의 회고다.

"전강스님께서는 후학들에게 판치생모 화두만 들게 하고 있습니다. 화두를 타파하는 데 판치생모가 지름길입니까?"

서른부터 다가온 반야심경의 행복

화두를 들고 '왜, 어째서' 하고 의심하는 목적은
내가 부처라는 사실을 깨닫기 위해서다.
본래 나의 성품을 보아
나와 우주가 한 뿌리라는 것을 깨닫는 것이다.
그래서 견성見性을 한다고 표현하는 것이다.

"지름길이 따로 없어. 다만 나 같은 성정의 사람이 의심을 단박에 짓는 데는 판치생모가 더 도움이 된다고 확신하고 있다네."

실제로 전강스님은 직지사 천불선원, 예산 보덕사, 정혜사 등에서 참선정진을 멈추지 않고 밀고 나가다가 23세 때 곡성 태안사 누각에서 처음으로 견성하였으나 만공을 만나 미진한 데가 있었으므로 재발심을 하게 된바, 판치생모 화두를 붙들고 반 철 만에 확철대오했던 것이다. 그때 전강이 떠나려 하니 만공이 물었다.

"부처님은 계명성鷄鳴聲을 보고 오도하였다는데, 저 하늘의 가득한 별들 중에서 어느 것이 자네의 별인가?"

전강은 대답을 않고 엎드려 땅을 더듬는 시늉을 했다. 그러자 만공이 얼굴 가득 미소를 머금고 말했다.

"옳거니, 옳거니善哉 善哉."

만공은 전강을 칭찬하며 즉시 전법게를 내렸다.

불조가 일찍이 전하지 못하였는데

나도 또한 얻은 바 없네

이날에 가을빛 저물었는데

원숭이 휘파람은 뒷봉우리에 있구나.

佛祖未曾傳 我亦無所得

此日秋色暮 遠嘯在後峰

서른부터 다가온 반야심경의 행복

이처럼 25세에 오도를 한 전강은 33세에 통도사 대중의 요청으로 통도사 선방인 보광선원의 조실이 되었고, 그때부터 누구에게나 판치생모 화두를 즐겨 주었던 것이다.

화두를 들고 '왜, 어째서' 하고 의심하는 목적은 내가 부처라는 사실을 깨닫기 위해서다. 본래 나의 성품을 보아 나와 우주가 한 뿌리라는 것을 깨닫는 것이다. 그래서 견성見性을 한다고 표현한다. 화두가 잘 안 들리면 바꿀 수도 있고, 가능하면 선지식을 찾아가 가르침을 받아 드는 것이 좋다고 한다. 화두가 들릴 때 어디까지 참구하는 것이 좋을까? 고승들의 말을 참고해 보면 이렇다.

화두를 들고 의심덩어리와 씨름하다 보면 첫 번째로 동정일여動靜一如의 단계를 체험하게 된다. 일상생활에서 가고 오거나, 가만히 있을 때나 말을 하는 동안에도 화두가 들려 있는 경지를 말한다. 두 번째는 몽중일여夢中一如가 있는데, 이는 꿈속에서도 화두가 달아나지 않고 들려 있는 상태를 말한다. 마지막으로 잠이 깊이 들었을 때도 화두로 깨어 있는 경지가 되어야 하는데, 이 상태가 바로 숙면일여熟眠一如다. 이 숙면일여에서 한 걸음 더 나아가면 홀연히 화두가 타파되는 동시에 문득 자기의 본래면목을 깨닫게 된다고 한다.

일찍이 원오 극근선사는 화두를 가리켜 '대문을 두드리는 기와조각敲門瓦子'이라고 말한 적이 있다. 분명하고 틀림없는 말씀이다. 화두란 '본래의 나'가 누구인지 내 집으로 들어가게 하는 암호가 내장된 열쇠인 것이다.

2장

부처는 어디에 있는가?

참懺이란 지나간 허물을 뉘우침이니,

지금까지 지은 모든 죄를 뉘우쳐서

다시 일어나지 않도록 하는 것이다.

회悔란 이후에 짓기 쉬운 허물을 조심하여 다음부터

있을 모든 죄를 미리 깨닫고 영원히 끊어서

다시는 짓지 않도록 하는 것이니,

이것을 합하여 참회라고 부르니라.

뭇 생명은
'또 다른 나'

가게에서 살충제를 사다 놓은 지 꽤 오래 지났으나 아직도 남아 있다. 실제로 파리나 모기를 잡는 데 사용한 적이 별로 없기 때문이다. 손님이 오면 밤중에 지네가 나타날까봐 한두 번씩 방구석에 뿌려주었을 뿐이다. 우리 부부가 살충제 용기를 들고 호들갑을 떤 기억은 거의 없다.

멧박쥐들이 방안 대들보 위에 살고 있어 파리나 모기가 살지 못한다는 것을 나중에야 알았다. 백과사전을 들춰보니 멧박쥐와 곤충은 먹이사슬 관계였다. 산중에 집을 지은 뒤 몇 해 동안은 새카만 산모기와 파리들이 여름만 되면 들끓었는데 어느 해인가 멧박쥐 네댓 마리가 집 안에 들면서 곤충들이 사라져버렸던 것이다.

그런데 문제는 우리 부부가 잠을 자는 시간과 멧박쥐의 활동 시간이 겹친다는 것이었다. 멧박쥐의 날갯짓하는 소리에 예민한 아내는 잠을 설치기 일쑤였다. 자다가 전등불을 켜게 되면 나도 할 수 없이 일어나 멧박쥐의 동태를 살피지 않을 수 없었다. 방 안이 밝아지면 멧박쥐는 날갯짓을 멈추고 방바닥에 떨어지거나 기둥에 붙어서 미동도 안 했다.

할 수 없이 우리 부부는 최근에 모기장을 구입하기로 결정하고, 멧박쥐를 방 밖으로 내보기로 했다. 잠을 설치고 나면 다음날 하루 종일 개운치가 않고 피곤하고 무기력해지기 때문이었다. 멧박쥐를 내보는데 무슨 특별한 기구가 필요한 것은 아니었다. 방 안에 언제나 비치하고 있는 집게 하나면 족했다. 집게는 밤중에 출몰하는 지네를 집어 사립문 밖으로 내보내기 위해 마련해 둔 것이었다. 지네를 잡아 죽이게 되면 더 많은 지네가 달려든다는, 전설 따라 삼천리 같은 이웃 농부의 말을 듣고 작년 여름에 집게를 하나 가게에서 사왔던 것이다.

침실 대들보 위에 사는 멧박쥐는 세 마리였던 것 같다. 어느 날 새벽 3시쯤 불을 켠 뒤 제법 큰 멧박쥐를 집게로 집어 창밖으로 날려 보내주었고, 두 번째로 본 작은 멧박쥐는 방바닥에서 비명을 지르듯 푸드덕거렸으므로 집게로 살짝 집어 창밖으로 내보내려고 하다가 거실 바닥에 떨어뜨리고 말았다. 실수라기보다는 느슨한 집게 사이로 멧박쥐가 미끄러져버렸다. 녀석은 잽싸게 다탁 밑으로 도망쳐버렸다. 마지막으로 세 번째 녀석은 겁도 없이 잠자는 내 베개 위에서 파닥거리고 있었다. 불을 켜고 보니 집게를 들이미는 것이 미안할 정도로 살결이 유난히 말랑말랑한 아기 멧박쥐였다. 박쥐의 눈은 퇴화

서른부터 다가온 반야심경의 행복

된 것으로 아는데 녀석은 장님눈으로 나를 빤히 처다보면서 차가운 집게가 자기 살에 닿으면 찍찍 울었다. 마치 나를 원망하는 것 같기도 하고, 나에게 하소연하는 것 같기도 했다.

"아저씨, 싫어요, 싫어. 방 밖으로 나가기가 싫어요. 저는 이 방에서 아저씨 부부와 함께 살래요. 제발 밖으로 내보지 말아 주셔요."

문득 그런 생각이 들어 나는 녀석을 창밖으로 날려 보내지 못하고 거실로 내보냈다. 말하자면 거실이나 서재, 처마 밑 등등 내 집에서 살게 하되 침실만 들어오지 못하게 주거제한을 한 것이었다. 방 안에서 살았던 멧박쥐들이 거실과 내 서재로 이사를 간 셈이었다. 우리 부부와 멧박쥐 가족이 타협한 결과로 내 마음은 지금도 흡족하다. 특히 나는 그날 밤에 아기 멧박쥐가 나에게 하소연한 말이 생생하다. 실제 소리는 '찍찍'이었지만 나는 그 소리 속에서 아기 멧박쥐의 마음을 읽었던 것이다.

아프리카 성자 슈바이처 박사의 말이던가. 슈바이처는 생명에 대해서 다음과 같이 말했던 것이다.

'인간 의식의 가장 절실한 사실은, 나는 살려고 하는 생명에 둘러싸인 살려고 하는 생명이다.'

사람이 절실하게 살려고 하는 것처럼 다른 생명들도 마찬가지라는 것이다. 살려고 하는 의지는 우리 부부나 멧박쥐나 같다는 말이다. 그러니 슈바이처의 윤리는 모든 생명을 아우르게 된다.

'인간의 진정한 윤리란 모든 생물에 대해서 끝없이 퍼진 책임이다.'

모든 것은 폭력을 두려워하고
죽음을 두려워한다.
이 이치를 자기 몸에 견주어
남을 죽이거나 죽게 하지 말라.

슈바이처가 왜 성자로 추앙받는지 그의 고백 한 토막에서도 잘 드러나고 있다.

'나는 나무 잎사귀 하나라도 의미 없이는 뜯지 않는다. 한 오리의 들꽃도 꺾지 않는다. 벌레도 밟지 않도록 조심한다. 여름 밤 램프 밑에서 일할 때, 많은 날벌레들이 날개가 타서 책상 위에 떨어지는 것을 보는 것보다는, 차라리 창문을 닫고 무더운 공기를 호흡한다.'

마하트마 간디도 자신의 자서전에서 다음과 같은 말을 한다.

'두루 계시고 속속들이 꿰뚫어보고 계시는 신을 보려면, 가장 하잘 것없는 미물일지라도 내 몸처럼 사랑할 수 있어야 한다.

생명을 가진 모든 것을 평등하게 보는 일은 자기 정화 없이는 불가능하다. 자기 정화 없이 아힘사[不殺生]의 법칙을 지킨다는 것은 한낱 허망한 꿈이다.'

여기서 '자기 정화'란 수행을 뜻하는 말이다. 수행을 해야만 '모든 생명은 평등하다'는 진리를 깨달을 수 있다고 간디는 보았던 것이다. 우리는 뱀을 징그럽게 인식하지만 깨달은 수행자는 그런 편견에서 자유로울 수밖에 없다.

서산시 고북면 천장암으로 올라가서 경허선사가 장좌불와 했던 골방을 보고 그곳 스님에게 들었던 얘기다.

어느 날 만공은 골방 안에 누워 있는 경허스님을 보고 깜짝 놀란다. 스승의 배 위에 독사 한 마리가 스르르 움직이고 있었던 것이다.

"스님, 배 위에 독사가 있습니다."

만공의 다급한 말에도 경허스님은 눈 한 번 깜박이지 않았다. 그렇다고 배 위에 있는 독사를 쫓지도 않았다.

"내버려두어라. 실컷 배 위에서 놀다 가도록 내버려두어라."

잠시 후 독사는 경허스님의 배 위에서 내려와 뒷문으로 흔적 없이 사라져버렸다. 경허스님에게 적의를 느끼지 못한 독사가 공격할 리 만무했던 것이다. 경허스님의 제자 수월이 만주에서 짚신을 엮으며 오가는 길손들에게 나눠주며 살던 때의 일화도 청담에 의해 오랫동안 전해지고 있는 이야기다.

수월은 눈이 내리면 절 울타리 밖으로 나가 산짐승들을 불러 먹이를 주곤 했다. 수월이 부르면 산토끼, 노루, 꿩, 산새들이 모여들었다. 하루는 청담이 수월을 흉내 냈다. 그러나 산짐승들이 하나도 모여들지 않았다. 이를 이상하게 여긴 청담이 수월에게 물었다.

"산짐승들이 스님이 부르면 오고, 왜 제가 부르면 오지 않습니까?"

"이 사람아, 자네 마음에 살생심殺生心이 아직 남아 있어 산짐승들이 그것을 알고 오지 않는 걸세."

수월선사가 청담에게 한 말은 불살생하는 본래마음이 드러날 때까지 수행을 더 하라는 뜻이었을 것이다. 일찍이 부처님께서도 〈법망경〉에서 간절하게 당부하셨다.

'목숨 있는 것을 자기가 죽이거나 남을 시켜 죽이거나, 수단을 써서 죽이거나 칭찬해 죽게 하거나, 죽이는 것을 보고 기뻐하거나 주문을 외워 죽여서는 안 된다. 즉, 죽이는 인因과 죽이는 연緣과 죽이는

서른부터 다가온 반야심경의 행복

방법과 죽이는 업業으로 목숨 있는 것을 죽여서는 안 된다. 보살은 항상 자비스런 마음과 공손한 마음으로 모든 중생을 구원해야 할 터인데, 도리어 방자한 생각과 통쾌한 마음으로 산 것을 죽인다면 그것은 큰 죄가 된다.'

'불자는 자비로운 마음으로 산목숨을 놓아주는 일을 해야 한다. 따지고 보면 육도 중생이 모두 내 아버지요, 어머니다. 그러므로 산목숨을 잡아먹는 것은 곧 내 부모 형제를 죽이고 내 옛 몸을 먹는 일이나 마찬가지다. 누가 짐승을 죽이려고 하거든 방편으로 구원해 재난에서 벗어나게 해주어라.'

초기경전인 〈법구경〉에도 부처님은 이렇게 말씀하시고 있다.

모든 것은 폭력을 두려워하고
죽음을 두려워한다.
이 이치를 자기 몸에 견주어
남을 죽이거나 죽게 하지 말라.

모든 생명은 안락을 바라는데
폭력으로 이들을 해치는 자는
자신의 안락을 구할지라도
그는 안락을 얻지 못한다.

몇 해 전인가, 천성산에 터널공사를 시작하려고 했을 때 어느 비구니스님이 단식하며 반대한 적이 있다. 터널을 뚫으면 지하수가 고갈되어 습지에 사는 도롱뇽이 살 수 없게 된다는 것이 반대의 이유였다. 도롱뇽의 목숨이 스님의 목숨을 걸게 했다. 그러자 터널공사 책임자와 관리들은 고작 도롱뇽 때문에 엄청난 경제적인 손실을 감수해야 하느냐며 스님을 힐난했다.

4대강 개발문제로 나라의 국론이 분열되어 시끄러웠던 적이 있다. 천일 동안 동구불출의 무문관 수행을 한 스님이 소신공양하는 장렬한 국면을 맞이했고, 급기야는 산사에서 정진하던 5천여 명의 스님들이 4대강 개발의 반대대열에 합류했다. 스님과 불자들이 반대하는 명분은 너무나 분명했다. 나와 세상의 유무정물이 한 몸이라는 동체대비同體大悲를 설하신 부처님의 말씀을 진리로 믿고 있기 때문이었다.

우리가 숨 쉬고 있는 세상은 인간만의 공간이 아니라 뭇 생명의 터전이다. 인간을 위해 뭇 생명의 터전이 위협받는다면, 그것은 뭇 생명에 대한 예의도 아닐 뿐더러 부처님법을 거스르는 일이다.

강을 직선으로 만들고 보를 만드는 공사는 강과 강 주변의 생태계를 파괴하는 일과 다름 아닌 것이다. 얕은 물에서 사는 물고기가 있는가 하면 깊은 물에서 사는 물고기가 있고, 빠른 물길에서 사는 물고기가 있는가 하면 느린 물길에서 사는 물고기가 있을 텐데, 강을 획일적으로 개발해 버린다면 결국에는 각양각색의 물고기는 사라지고 획일적인 어종만 사는 활력을 잃은 강이 되지 않겠는가. 강변의 습지나 모래밭, 혹은 강둑의 야생의 생물들도 마찬가지일 터이다.

인간만을 생각하는 인간 중심의 개발론자들에게 뭇 생명의 존엄성을 이야기한다는 것이 공허한 메아리가 될지 모르겠지만 그래도 부처님 말씀을 되새겨보는 것은 자연이 죽으면 인간도 머잖아 살 터전을 잃게 된다는 사실 때문이다. 부처님께서는 이것이 소멸하면 저것도 소멸한다고 말씀하셨던 것이다. 평화로운 강의 뭇 생명을 경시하는 인간들에게 경종을 울리고 가신 문수스님의 명복을 또 다시 죄송한 마음으로 빈다. 문수스님의 소신공양이야말로 뭇 생명을 경시하는, 만물의 영장이라고 우기는 인간들을 향한 매섭고 외로운 사자후라는 생각이 번갯불처럼 스친다.

부처님은 왜
파마머리를 했을까?

휴가철이 지나가고 있다. 내 산방도 쌍봉사에 왔던 참배객들이 많이 들렀다 갔다. 처음에는 내 산방이 암자인 줄 알고 왔다가 나를 보더니 더 반가워했다. 김천에 사시는 어느 변호사는 사인 받으려고 책을 가져오기도 해서 더 기억에 남는다. 서울대학교 룸비니불교학생회 출신이라는 카이스트 오 박사는 아예 내 산방에서 하룻밤 머물다 갔다.

그런데 가장 기억에 남는 사람은 초등학생 아이와 함께 온 젊은 불자부부다. 아이들은 언제 보아도 귀엽고 예쁘다. 아이들이 무슨 얘기를 해도 귀가 기울여진다. 차를 마시다가도 아이는 어른들 눈치 보지 않고 다리를 쭉 편다. 다리가 불편한 데도 양반자세로 앉아 차를 마시는 어른들과 다르다. 그래서 아이들을 천진불이라고 할 것이다.

휴가를 즐기는 불자부부가 내게 한 말 중에 기억에 남은 말은 이렇다.

"작가님, 아이들에게 절의 이곳저곳을 아주 쉽고 재미있게 설명해

주는 책이 없습니까? 절에만 가면 쉬지 않고 묻는 이 녀석 때문에 아주 힘이 듭니다."

"글쎄요, 아이를 위한 그런 책은 아직 보지 못했습니다."

"그렇다면 작가님께서 쓰시지요. 우리 같은 사람에게는 반응이 아주 좋을 것 같습니다."

"일리 있는 말씀이지만 저는 동화작가가 아니라서 좀 그렇습니다."

이런 저런 얘기 끝에 나는 그 불자부부에게 생각나는 대로 얘기를 했다.

"절에 가면 가장 먼저 만나는 문이 일주문입니다. 두 개의 기둥으로 된 맞배지붕의 문이지요. 혹시 아이가 일주문에는 왜 여닫는 문이 없냐고 물을지도 모르겠군요. 왜 그럴까요?"

나는 상식적으로 생각하면 답이 나올 것 같아 불자부부에게 질문을 던졌다. 그러자 서울에서 회사를 다닌다는 아이의 아버지가 말했다.

"누구라도 언제든지 오라는 뜻이 아니겠습니까?"

"맞습니다. 절은 일종의 해방구입니다. 부처님이 계셨던 인도의 기원정사나 죽림정사도 밤낮을 가리지 않고 누구든지 찾아왔습니다. 왕도, 거지도, 미친 사람도 찾아와 부처님의 법문을 듣고 마음이 평온해졌습니다. 그래서 절의 첫 문에는 문이 없는 전통이 생긴 겁니다."

나는 일주문이 중생과 부처가 하나라고 하여 일심―心을 상징한다는 말은 하지 않았다. 대신 일주문을 지나면 두 번째로 만나게 되는 천왕문天王門에 대해서 얘기를 했다.

"눈을 험악하게 뜬 채 무기를 들고 있는 사천왕들이 있는 문을 천왕문이라고 합니다. 어느 절에나 있지요."

그러자 아이가 호기심을 나타냈다.

"아빠, 레슬링 선수같이 생긴 거 말하는 거지. 그런데 왜 무섭게 사람들을 노려보는 거야?"

"작가님, 왜 그런지 실은 저희들도 잘 모르거든요. 절을 지키는 수호신이겠거니 하고 기도하러 법당에 왔거든요."

나는 아이 수준에 맞추어 얘기를 했다.

"운동선수가 아니라 절을 지키는 경찰관이란다. 부처님을 지키고, 스님들을 지키고, 부처님법을 지키는 경찰관이란다."

"그런데 왜 친절하게 웃고 있지 않고 눈을 무섭게 부릅뜨고 있어요?"

"부처님과 스님과 부처님 법을 해치려고 드는 무리들이 지레 겁을 먹고 도망치게 하려고 그런 표정을 짓고 있단다."

"아, 나쁜 사람들을 만나 다투기 싫어서 그런 거군요."

"네 말이 맞다. 다투면 기분만 나빠지니까 미리 겁을 주고 있는 거야."

나는 역시 수미산 동서남북을 관장하며 지키는 사천왕에 대해서 설명하지 않았다. 즉 오른손에 칼을 들고 중생들과 불국토를 지키는 동쪽의 수호신 지국천왕이나, 오른손에 용을 들고 만물을 소생시키는 수미산 남쪽의 수호신 증장천왕이나, 오른손에 삼지창을 들고 온갖 나쁜 말들을 물리치는 수미산 서쪽의 수호신 광목천왕이나, 비파를 들고 도량을 지키는 북쪽의 수호신 다문천왕에 대한 설명을 생략하고 아이의 눈높이에 맞춰 다른 얘기를 이어갔다.

세 번째로는 법당 앞에 있는 탑에 대해서 얘기를 했다.

"쌍봉사 목탑은 몇 층?"

"아, 엄마와 사진 찍은 데 말이군요."

아이는 디지털카메라를 작동하더니 이미 촬영한 것들을 확인하고 나서야 대답했다.

"이거 말씀하시는 거죠? 3층이에요."

"잘 맞추었다. 나무로 지은 탑은 목탑이라 하고, 돌로 만든 탑은 석탑, 벽돌로 쌓은 탑은 전탑이라고 한단다."

그때 수첩에 내 얘기를 메모만 하고 있던 아이 엄마가 질문을 해왔다.

"탑은 왜 3층, 5층, 7층, 9층 등등 홀수로 짓죠?"

"인도를 가보니 탑 모양이 사발을 거꾸로 엎어놓은 것 같았습니다. 말하자면 층이 없었습니다. 생명의 모태인 알을 상징하여 둥글게 생겼지요. 층이 생긴 건 중국에서부터 시작한 전통 같습니다. 정확한 것은 모르겠습니다만 홀수를 좋은 숫자인 길수吉數로 보는 중국인들의 사고방식에서 연유한 것도 같습니다."

"어떤 그림을 보면 2층탑이나 4층탑이 그려져 있는데, 그건 불교를 모르는 화가가 그린 거군요."

"허물어진 탑이 아니라면 틀린 거죠. 하하하."

3층 목탑 형식의 대웅전으로 옮겨 갔다. 아이의 관찰력은 놀라웠다. 불자부부가 참배를 하는 동안 삼존불을 인상 깊게 본 것 같았다.

"소설가 아저씨. 부처님 옆에 계시는 분들은 누구예요?"

"쌍봉사 부처님 왼쪽에 서 있는 분은 아난존자, 오른쪽에 서 있는 분은 가섭존자라고 부르지."

"수염 난 분이 가섭존자란 말이군요."

"그래, 수행을 누구보다 아주 열심히 한 분이지. 수염이 난 것은 수염을 깎을 시간도 잊어버리고 수행을 해서 그런 거야."

아이는 아버지를 힐끗 쳐다보면서 웃었다.

"왜 웃는 거야?"

"우리 아빠는요, 게을러서 수염을 깎지 않을 때가 있어요."

아이들은 역시 거짓말을 못했다. 보고 느낀 대로 얘기할 뿐이었다. 아이 어머니가 눈치를 주었지만 아이는 아랑곳하지 않고 폭로했다.

"우리 엄마는 부처님을 뵐 때마다 무얼 해달라고 빌기만 해요. 부처님도 피곤하시겠어요."

"그래도 여기 쌍봉사 부처님은 이해하실 거야."

"왜 그러죠?"

나는 아이에게 1984년에 있었던 대웅전 화재사건을 얘기해 주었다. 불이 났을 때 절골 마을에 사는 한 농부가 불길이 번진 대웅전으로 뛰어 들어가 부처님과 아난존자, 그리고 가섭존자를 한 분씩 엎고 나와 화마를 당하지 않게 했던 것이다.

"그러니까 쌍봉사 부처님은 사람들에게 은혜를 갚아야 하는 거지."

나는 극락전 얘기도 해주었다. 불길이 극락전으로 번지려 했을 때 극락전 앞의 단풍나무가 화마를 막아주었던 것이다.

서른부터 다가온 반야심경의 행복

절은 일종의 해방구입니다.
부처님이 계셨던 인도의 기원정사나 죽림정사도
밤낮을 가리지 않고 누구든지 찾아왔습니다.
왕도, 거지도, 미친 사람도 찾아와
부처님의 법문을 듣고 마음이 평온해졌습니다.

"극락전 아미타부처님도 사람들이 심은 단풍나무 때문에 화를 면하신 거야. 그러니 아미타부처님도 사람들의 소원을 들어줘야 하는 거지."

"아미타부처님은 무슨 소원을 잘 들어주는 거예요?"

"불안하고 두려운 마음을 없애주지. 너도 아미타부처님이 될 수 있어. 네 친구를 즐겁게 해주면 네가 바로 아미타부처님인 거야. 마음에 아무런 근심과 걱정이 없는 즐거운 마음이 바로 극락이거든."

내 설명이 어려운 듯 아이는 고개를 갸웃거렸다. 그러나 불자부부는 미소를 지으며 내게 합장을 했다.

"좋은 말씀, 감사합니다. 죽은 뒤에만 극락이 있는 것이 아니라 살아 있는 순간에도 극락이 있군요."

"그럼요, 부부 간에도 서로 마음이 편안하면 극락에 있는 것이나 다름없지 않겠습니까? 그러니까 가정이 극락으로 바뀌려면 서로 아미타부처님이 되려고 정진해야 합니다."

나는 지장전에 있는 지장보살도, 약사전에 있는 약사여래도 마찬가지라고 했다. 절망한 사람에게 용기를 주었을 때 그가 바로 지장보살이고, 병든 사람에게 약을 주고 위로해 주었을 때 그가 바로 약사여래라고 말했다.

"지장보살이 지장전에만 있다거나, 약사여래가 약사전에만 있다거나, 관세음보살이 관음전에만 있다고 생각하시면 안 됩니다. 자기 자신이 누군가에게 지장보살이 되고, 약사여래가 되고, 관세음보살이 돼야 하지 않겠습니까?"

차를 몇 잔쯤 마셨을까, 찻물을 한 주전자 더 끓이려고 할 때 아이가 또 엉뚱한 질문을 했다.

"부처님은 왜 파마머리를 하셨지요?"

순간 나는 대답을 못했다. 인도 간다라 지방에서 처음으로 만들어진 불상들이 헬레니즘의 영향으로 그리스 아테네 신상들의 머리카락처럼 소라모양인 곱슬의 형태를 띠고 있다고 설명해 봤자 아이가 이해할 수 없을 것이기 때문이었다.

이럴 때는 아이에게 동화를 지어 얘기해 주는 것이 최선일 텐데 나는 잠시 당황하고 말았다. 그러자 불자부부가 한 마디 했다.

"부처님이 6년 고행하실 때 새들이 부처님 머리 위로 날아와 집을 지은 거야. 부처님은 새들이 집을 지은 것도 모르고 수행만 하셨거든."

아이는 불자부부의 얘기에 어리둥절한 표정을 지었다. 그렇다고 부모의 얘기를 의심하는 눈빛은 아니었다. 오히려 새들이 얼마나 부처님을 좋아했으면 부처님 머리에 새집을 지었을까 하는 그런 경이로운 표정이 스쳤다.

"아저씨, 우리 아빠 말이 맞아요?"

나는 대답하지 않고 아이에게 약속을 하나 했다.

"아저씨가 이 얘기를 가지고 동화 한 편을 쓰면 어떨까?"

불자부부 가족이 내 산방을 떠난 지 보름이 지났건만 아는 아직도 아이와 약속한 동화를 쓰지 못하고 있다. 날은 여전히 밤낮으로 덥다. 차라리 고행하는 부처님과 새들을 소재 삼아 그림을 한 장 그리면 어떨까 싶다. 한때는 화가가 되는 게 내 꿈이었던 것이다.

서른부터 다가온 반야심경의 행복

우리말 속에는
불교가 살아있다

남도산중으로 내려오기 전의 일이다. 서울에서 살 때 MBC라디오
의 〈여성시대〉라는 프로가 있는데, 초대 손님으로 출연한 적이 있다.
초파일 전날로 기억된다. 진행자가 '부처님 오신 날'을 맞이하는 의
미에서 불교에 대한 얘기를 청취자들에게 들려주고 싶다고 했다. 진
행자는 인기가수 양희은 씨였는데, 자신은 서강대학교를 나온 기독
교 신자지만 불교를 공부하는 자세로 진행하겠다며 나를 반갑게 맞
이해 주었다.

나는 라디오 방송을 듣는 대상을 먼저 고려하지 않을 수 없었다.
특정한 종교방송이 아니므로 청취자도 다양한 종교를 갖고 있을 터
이고, 또한 무종교인 사람도 있을 것이기 때문이었다. 다시 말해서
내가 불교의 사성제나 팔정도 등의 교리를 주어진 시간 내내 얘기한
다면 청취자 중에서 기독교인들은 듣지 않을 것이 뻔했다. 그래서 생

각해 낸 주제가 우리말이 된 불교용어들이었다. 불교에서 온 우리말이기 때문에 종교가 다르더라도 아무 저항이 없을 것 같았다.

전래된 종교가 전통문화가 되려면 적어도 5백년이 흘러야 된다고 한다. 그런 의미에서 불교는 종교이면서도 전통문화인 셈이었다. 방송은 대본이 정해져 있는 것이 아니라 진행자와 초대 손님이 이끌어 가는 생방송이었다.

나는 불교에서 온 우리말을 얘기해 보는 것도 부처님 오신 날을 맞이해서 불교를 보다 친근하게 여기는 데 도움이 되고 흥미로울 것이라고 먼저 말했다.

첫 번째로 '돌아가시다'라는 말이 불교의 '윤회하다'에서 왔다고 얘기했다. 양희은 씨가 "그래요?" 하는 표정을 지었다. 생방송이기 때문에 진행자가 어떤 반응을 보이는지 순간순간 알 수 있는 것이 생방송의 묘미라면 묘미였다. 나는 설명을 더 이어갔다.

"우리말 '죽다'가 있는데, '죽다'는 숨이 멎었다는 뜻이다. 그런데 불교에서는 한 생으로 끝나지 않고 다른 모습으로 여러 생이 반복된다고 믿는다. 그래서 '윤회하다'라고 하는 것이다. 한 생에서 또 다른 생으로 돌아가는 것이기 때문에 '돌아가시다'라고 하는 것이다. 그러니 한 번의 죽음은 간이역을 들르는 것밖에 되지 않는다."

양희은 씨가 고개를 끄덕였다.

"아, '돌아가시다'가 불교에서 온 말이었군요. 자주 그 말을 하면서도 몰랐어요. 재미있군요. 정말."

서른부터 다가온 반야심경의 행복

양희은 씨는 내가 얘기할 때마다 눈을 크게 뜨면서 놀랐다.

"우리말에 '절반'이란 말이 있지요."

"그 말도 불교에서 온 말인가요?"

"신라시대 수도 서라벌에는 절이 반, 민가가 반이었습니다. 그래서 '절반'이란 말이 나온 겁니다."

단 두 단어 얘기에 양희은 씨는 흥미를 느끼며 빠져들고 있었다. 나는 그녀가 비록 종교는 다르지만 솔직하고 영리한 여자라는 것을 알 수 있었다. 노래만 잘하는 줄 알았는데, 무엇을 받아들이는 이해력도 만만치 않았다.

나는 '누비옷'에 대해서도 말했다.

본래는 스님들이 두타행 중에서 무소유를 실천하기 위해 넝마의 헝겊을 기워서(衲) 만든 옷(衣) 즉 납의를 입고 다녔던바, 그 납의를 소리 나는 대로 '나비'라고 했다가 '누비'로 변해 누비옷이 된 것으로, 여기서 '누비다'라는 바느질 기법이 나왔으며 의미가 발전하여 종횡무진 거침없이 나아간다는 뜻으로 발전하기까지 한 것이다.

'야단법석野壇法席'도 우리가 흔히 사용하는 말이다. 그런데 이 말도 불교에서 유래한바, 야외에 법석을 차려놓고 하는 설법을 '야단법석'이라고 했던 것이다. 실내 법당에서 설법할 수 없을 정도로 사람들이 많이 모이기 때문에 괘불을 걸어 놓고 야외에서 하게 되니 규모가 성대하고 장소가 시끌벅적하였을 터. 오늘날에는 성대한 설법이라는 의미는 사라지고 '소란스럽다'는 뜻만 남아 전해오고 있는 것이다.

'뒷바라지하다'라는 우리말도 마찬가지다. 바라지란 원래 절에서 재를 지낼 때 재주스님을 도와 염불하거나 게송을 읊는 스님을 일컫는 말인데, 바라지스님이 재주스님의 잔일을 수고스럽게 돕는다고 하여 '뒷바라지하다'라는 말이 생겼고, 더 나아가 '옥바라지하다'라는 우리말까지 보태진 것이다.

'이판사판'도 우리가 흔히 사용하는 말이다. 스님들을 크게 이판승과 사판승으로 나누는데, 참선공부하는 스님을 이판승이라 하고, 사무나 불사를 담당하는 스님을 사판승이라고 한다. 그런데 조선시대에는 이판이나 사판 모두 최하위신분이었으므로 스님이 된다는 것은 신분계급의 끝장이라는 의미에서 '막다른 데에 이르러 어쩔 수 없음'을 나타내는 우리말이 된 것이다.

양희은 씨는 내 얘기를 아주 재미있어 했는데, 어느 새 초대 손님인 나에게 주어진 20분이 빠르게 흘러가버렸다. 먼저 자리에서 일어나자 머리를 꾸벅 숙이며 고마움을 표시했다. 마치 유익한 강의를 들었다는 그런 표정을 지었다. 나 역시 기분이 좋았다. 진행자나 청취자의 반응이 비슷할 거라는 생각 때문이었다. 프로를 담당하는 작가가 복도 끝까지 따라 나와 너무너무 감사하다고 인사를 했다.

이후, 인도성지순례를 광주 원각사 신도 분들과 함께 간 적이 있다. 주지스님이 법사로 가기로 돼 있었지만 갑자기 스님에게 움직일 수 없는 사정이 생겨 내가 대신 인솔자로 나섰다. 부처님 8대성지를

서른부터 다가온 반야심경의 행복

순례해 본 분들은 알겠지만 장거리를 이동하는 데 대부분 네댓 시간을 버스 안에서 보내야 하므로 무료해지기 일쑤였다. 우리말이 서툰 인도가이드의 성지안내도 한계가 있고, 〈반야심경〉이나 〈금강경〉 독송도 버스가 출발할 때뿐이지 계속할 수는 없었다.

결국 나라도 나서 지루하지 않게 해야 할 상황이 됐다. 내가 알고 있는 불교적인 지식을 회향하는 것도 자비행이 아닐까 하는 생각도 들었다. 그래서 꺼내든 얘기가 또 '불교에서 온 우리말'이었다. 첫날 버스에 오르자마자 하기 시작했는데, 반응이 역시 좋았다.

"여러분이 사시는 전라도에서는 부엌을 '정제'라고 하는데, 사실은 불교의 정지淨地에서 온 말입니다. 깨끗한 곳이라는 뜻입니다. 여기서 만들어진 말로 부엌칼을 정제칼이라고 하는 것이죠."

"우리말 중에 '차곡차곡'이란 말도 마찬가지입니다. 불교가 국교였던 신라시대나 고려시대에 가장 재산이 많았던 곳은 절이었습니다. 절의 창고에는 차와 곡식이 가득했습니다. 차와 곡식이 많은 모습을 '차곡차곡'이라고 했던 것입니다. 그러니까 '차곡차곡'이란 우리말은 절의 창고에서 나온 말입니다."

얘기를 하는 동안 신도들의 눈이 반짝거렸다. 장시간 이동하곤 하여 피곤해 할 텐데도 내 얘기만 나오면 얼굴에 미소가 감돌았다. 무심코 사용했던 일상용어들이 불교에서 유래한 말이라고 하니 불교 신자로서 감격스러운 모양이었다.

이삼일이 지난 뒤부터는 버스에 오르기만 하면 아예 얘기해 달라고 강권했다. 그래서 나는 수첩에 메모를 하지 않을 수 없었다. 그 수첩을 찾아서 보니 깨알 같은 글씨로 다음과 같이 적혀 있는데, 원각사 신도 분들과 인도성지순례를 했던 벅찬 순간이 다시 떠오른다.

건달; 불교의 건달바乾達婆에서 온 말이다. 건달바는 수미산 남쪽 금강굴에서 사는데, 그는 밥과 고기 대신 향을 먹으며 허공을 날아다니면서 노래하는 신神이다. 이 건달바가 하는 일 없이 노는 것으로만 보여 '건달'이란 말이 생겨난 것이다. 건달바가 노래하는 것은 부처님을 즐겁게 하기 위함인데 불교는 신을 섬기지 않고 신에게 섬김을 받는 종교라는 점도 알아야 한다.

점심點心; 하루 세 끼는 아침, 점심, 저녁이다. 그런데 아침과 저녁은 순 우리말이다. 그러나 선가에서 나온 점심은 한자말 그대로 마음에 점을 찍듯 아주 적게 먹는 음식을 말한다. 우리나라의 순 우리말은 푸짐하게 먹는 밥을 낮밥이라고 했다. 이순신 장군의 〈난중일기〉를 보면 승리한 병사들에게 낮밥을 먹였다는 애기가 자주 나온다.

밀어密語; 선가에서 스승과 제자 사이에 은밀하게 전해지는 말을 '밀어'라 하는데, 요즘에는 사랑하는 연인들끼리 주고받는 사랑의 속삭임을 '밀어'라고 한다.

불교가 국교였던 신라시대나 고려시대에
가장 재산이 많았던 곳은 절이었습니다.
절의 창고에는 차와 곡식이 가득했습니다.
차와 곡식이 많은 모습을 '차곡차곡'이라고 했던 것입니다.

장로와 전도; 이 말 역시 불교의 언어인데, 지금은 기독교 언어화 돼버렸다. 부처님 당시에는 오래 수행한 원로 비구스님을 장로라 했고, 원로 비구니스님을 '장로니'라고 불렀다. 전도란 말도 불교에서 유래된 말이다. 부처님이 깨달음을 이루신 첫해에 아라한이 된 제자는 모두 61명이었다. 그때 부처님께서는 각자 법을 전하라라고 지시하는 '전도 선언'을 하셨다.

　"비구들이여, 나는 신과 인간의 굴레에서 해방되었다. 그대들 역시 신과 인간의 굴레에서 해방되었다. 이제 전도를 위해 길을 떠나라. 많은 사람들의 이익을 위해, 많은 사람들의 행복을 위해, 세상을 불쌍히 여겨 길을 떠나라. 마을에서 마을로, 두 사람이 같은 길을 가지 말고 혼자서 가라."

　심금心琴을 울리다; 부처님 제자 중에 소나가 있었다. 소나는 부유한 장자의 아들이었는데, 출가하여 피가 맺히도록 정진했다. 그래도 깨달음을 이루지 못하자 '집으로 갈까, 돌아가서 가난한 사람들에게 보시나 하고 살까.' 하고 회의를 했다. 그런데 부처님이 소나의 마음을 간파하고 말했다.

　"소나여, 그대는 집에서 지낼 때 거문고를 잘 연주했다고 들었는데 사실인가?"

　"네, 부처님."

　"그대가 거문고를 연주할 때 줄을 너무 팽팽하게 조이면 그 소리가 들기 좋던가?"

"좋지 않습니다."

"그럼, 지나치게 줄을 느슨하게 하면 어떠하든가?"

"좋지 않습니다."

그러자 부처님께서 말했다.

"진리의 길을 걷는 것도 마찬가지다. 의욕이 지나치면 초조한 마음이 생기고, 열심히 하려는 뜻이 없으면 태만해진다. 그러니 극단적으로 생각하지 말고 항상 가운데 길로 걸어가야 한다. 그러면 머지않아 이 속세의 미혹을 벗어나게 될 것이다."

소나는 이윽고 중도를 체득했다. 부처님의 말씀이 소나에게 '마음의 거문고'를 울렸기 때문이었다.

다반사茶飯事; 선가에서 나온 말로 차를 마시고 밥 먹는 일을 뜻하는데, 극히 일반적이고 당연한 일이라는 말로 사용되고 있다.

모호; 아주 작은 숫자를 불교에서는 '모호'라고 한다. 이 말이 무언가를 구분하기 힘들 때 '애매모호하다'라고 쓰이게 된 것이다.

시달리다; 불교에서 온 말이다. 인도에는 사람이 죽으면 시다림尸陀林이라는 숲에 버리는 공동묘지가 있었는데, 수행들은 그곳의 악취와 짐승들의 공격을 견디며 고행했다. 즉 시다림에 들어가는 자체가 고행이었다.

현관玄關: 선가에서 깊고 묘한 이치에 드는 관문이라 하는데 우리 말로는 건물의 입구로 쓰인다.

이밖에도 강당(설법 장소인데 강연을 듣는 장소), 공부(참선에 진력하는 일인데 글을 읽고 외는 일), 면목(참모습인데 얼굴), 단말마(급소가 끊어지는 것인데 최후의 고통), 명복(명부의 복), 아비규환(아비지옥과 규환지옥인데 심한 고통으로 울부짖음), 아수라장(전쟁터), 찰나(짧은 순간), 겁(긴 시간), 투기(몸을 던져 정진하는 것인데 돈을 투자하여 재산을 증식하는 일) 등이 있다.

서른부터 다가온 반야심경의 행복

집안에 있는
부처

내 서재에는 관세음보살님이 한 분 계신다. 오랫동안 모셔온 우윳 빛 관세음보살상이 그것이다. 15년 전쯤 불심이 돈독한 후배가 중국을 간다기에 상호가 원만한 관세음보살상을 구해 달라고 하여 모시게 된 불상이다. 후배는 약속을 지켰다. 코끼리뼈로 조각한 불상으로 문외한인 내가 보기에도 상당히 정교하여 첫눈에 반했던 기억이 생생하다.

나는 서재에 모시기 전에 물을 떠다놓고 관욕을 시켜드렸다. 중국의 골동품 가게에 진열된 불상이라 먼지가 끼고 중국인 특유의 향냄새가 배어 있기 때문이었다. 그래도 관욕을 하고 나자 맑은 우윳빛이 더 선명하게 드러났고 그윽한 미소가 살아났다.

정병을 든 보살은 우리가 어떤 혼란 속에서 지혜를 구할 때는 '관자재보살'이 되고, 힘들고 외로운 이가 대자대비를 구할 때는 '관세음보살'이 된다. 그리고 두 가지를 다 구할 때는 '관세음자재보살'로 변한다. 물론 서지학적으로 인도의 산스크리트어 아발로키테슈바라 보디사트바Avalokitesvara bodhisattva를 한자나 우리말로 옮기면서 역자에 따라 세 가지로 달라진 줄 알지만.

그런데 나는 서울생활을 청산하고 남도산중으로 내려와 한때 어머니를 모시고 살면서 중국에서 온 관세음보살상은 나와 알게 모르게 멀어지고, 어느 날 홀연히 어머니가 바로 생불生佛이라는 사실을 깨달았다. 가만히 회상해 보면 성철 큰스님의 속가 딸이자 해인사 금강굴 암주인 불필스님이 내게 들려준 얘기도 중국의 관세음보살상과 소원해지게 된 계기가 됐던 듯싶다.

성철 큰스님이 살아 계실 때였다. 불필스님이 중국순례 도중 상하이에 들러 코끼리 뿔로 만든 관세음보살상을 선물로 사가지고 와 큰스님께 드렸는데, 그때 큰스님께서 불필스님으로부터 코끼리 뿔로 만든 귀한 불상이라는 설명을 들은 뒤 바로 '코끼리를 죽여 만든 불상에 어찌 자비가 있겠는가.'라고 말씀하면서 받지 않으셨다는 얘기였다.

지금도 성철 큰스님의 서릿발 같은 마음이 전해와 가슴이 서늘해지는 것 같고, 속가의 인연이지만 '그 아버지에 그 딸'이라는 생각이 든다. 그런 스님에게도 어머니는 생불이었을 터이다. 성철 큰스님께서 금강산을 찾아온 어머니를 일주일 동안 업고 다니면서 구경시켜 드렸다는 얘기는 선가에 전설처럼 전해져오고 있는 것이다.

어머니가 생불이라는 생각이 들자, 내가 머물고 있는 산방이 법당이라는 생각도 들었다. 그러던 어느 날 무슨 책을 읽다가 당나라 때 살았던 양보거사楊補居士의 일화를 보고는 무릎을 치면서 성인동화 한 편을 쓰기까지 했다. 〈어머니〉란 제목의 그 성인동화 일부만 소개하자면 다음과 같다.

어느 날 문득 청년 양보는 의문이 들었다.

'도대체 부처님은 어떤 분이시기에 많은 사람들이 머리를 깎고 스님이 되는 것일까?'

청년은 자신도 부처가 되고 싶었다. 마침 천리 너머 사천성 깊은 산에 부처의 경지에 오른 무제보살無除菩薩이 살고 있다는 소문이 들렸다. 양보는 보자기를 펴서 짐을 꾸렸다. 무제보살을 만나면 자신도 부처가 될 것이고, 일찍이 스님이 되기를 바랐던 어머니의 꿈도 자연히 이루어질 것으로 믿었다. 양보의 어머니는 양보가 부처가 되려고 집을 나선다는 말을 듣고 감격하여 눈물을 흘렸다.

"이제야 네가 어미의 소망을 이루어 주려고 하는구나. 아들아, 고맙다."

"부처가 되어 사람들에게 존경받는 사람이 되겠습니다."

어머니는 허리춤에서 삯바느질로 모은 동전 꾸러미를 건네주었다. 그 돈이면 무제보살이 머물고 있다는 천리 너머의 사천성까지 갈 수 있는 비용이었다. 양보는 보자기를 둘러메고 길을 떠났다.

양보는 쉬지 않고 무제보살이 사는 사천성을 향해서 걸었다. 목이 마르면 개울물에 목을 적셨고 해가 지면 주막에 들어 잠을 청했다. 가도 가도 사천성은 멀었다. 양보는 발바닥이 아파서 처음으로 찻집에 들렀다. 찻집에는 길손들이 몇 명 더 있었다.

주인은 그곳에서만 평생 찻집을 해온 사람이었다. 주인이 양보에게 넌지시 물었다.

"젊은이. 어디로 가는가?"

"사천성에 계시는 무제보살님을 뵈러 갑니다."

"그 먼 길을 간다는 것인가?"

"보살의 제자가 되어 부처가 되려고 합니다."

그제야 찻집 주인은 양보가 아직 철부지라는 것을 알았다.

"부처가 되어 무엇 하려고."

양보는 대답을 못했다. 찻집 주인이 훈계하듯 말했다.

"부처가 되려면 부처를 만나야지, 왜 보살을 만나려고 하는가."

"무제보살님은 부처의 경지에 오른 분이 아닌가요?"

찻집 주인은 혀를 차며 말했다.

"쯧쯧. 왜 천리 먼 길을 가려는가 말이네. 부처는 아주 가까운 곳에 있는데."

양보는 벼락을 맞은 듯 놀랐다. 들고 있던 찻잔을 떨어뜨리며 일어섰다. 찻잔이 땅바닥에 나동그라지면서 깨졌다.

"부처가 어디 있는지 가르쳐주십시오."

서른부터 다가온 반야심경의 행복

"지금 어서 자네 집으로 가게. 가서 보면 신발을 거꾸로 신고 달려 나와 자네를 맞이하는 사람이 있을 걸세. 그분이 바로 자네가 찾던 부처이네."

양보는 부지런히 왔던 길을 되돌아갔다. 집에는 며칠 후 한밤중에 야 도착했다. 양보는 문밖에서 어머니를 불렀다.

"어머니! 제가 왔습니다."

과연 찻집 주인 말대로 그의 집에서는 신발을 거꾸로 신은 사람이 달려 나오고 있었다. 양보의 어머니였다.

이후 양보는 어머니를 부처로 알고 집을 절 삼아 수행했다. 훗날 양보는 사람들에게 '부처는 집안에 있다佛在家中'이란 말을 남겼다. 뿐만 아니라 그는 그의 아내와 자식까지도 그가 진정으로 섬겨야 할 부처라는 것을 깨달았다.

그런데도 우리는 집 밖에서 부처를 찾는다. 집 안에 있는 부처도 알아보지 못하고 법당에서만 불단 앞에서 삼배를 한다. 최근에 만난 어느 지인은 나에게 고백한 바, 선방에 앉아 화두를 들고 참선하다가 깨달음을 체험했다고 한다. 그래서 그는 하루 종일 울었다고 한다. 선방에 앉아서도 울고 집으로 돌아와서도 울었다. 그러다 문득 가족 이 부처라는 생각이 들어 아내와 자식들에게 삼배를 하고 싶어졌다 는 것이다.

"여보, 고생이 많았소. 당신부터 삼배를 받으시오."

그러자 아내와 자식들이 자신들은 부처가 아니라며 혼비백산했다. 지인은 아내와 자식들이 잠든 한밤중에 일어나 목욕한 다음 아내에게 삼배를 먼저 하고, 자식 방으로 가 자식들에게 삼배를 했다고 한다. 왜 그랬을까? 천상천하 유아독존이라는 인간생명의 존엄성과 자신에게 주어진 생을 감사하게 받아들였던 것이다.

어머니를 부처라고 여기니 용돈을 드릴 때도 기분이 더 좋다. 어머니가 복전이 되기 때문이다. 복전이란 행운을 일구는 밭이 아닌가. 복과 인연을 짓는 발복發福하는 공간이 복전인 것이다. 복을 달라고 비는 기복祈福의 기도가 아니므로 무주상無住相의 용돈이기도 하다.

사실 절대적인 행복이나 복은 밖에서 누군가가 주는 것이 아니다. 복은 내 안에 존재한다고 봐야 한다. 내 안에 무진장 쌓여 있는데, 그것을 보지 못하고 있을 뿐인 것이다. 그래서 옛 선사들은 내 안의 '본래의 나'를 보물창고라고 했을 터이다.

나는 절에 가서도 복전에 시주하면서 빌지 않는다. 자신이 보물창고인데 거기서 찾지 않고 어디에 한눈을 판단 말인가. 외람된 느낌도 들지만 부처님에게 용돈을 드렸다는 생각뿐이고 자신과 약속하고 돌아온다. 마음의 심지를 돋우고 법당 문을 나선다. 자신과의 약속을 부처님이 증명하신 셈이니 마음은 한결 엄정해진다. 처음에는 젊은 시절부터 해온 습관을 고치는 데 애를 먹었지만 지금은 자연스럽게 '부처님 용돈' 하고 내민다. 사람들에게 내 방식을 권유하지만 웃고 마는 사람들이 대부분이어서 강요하지는 않는다.

양보는 어머니를 부처로 알고
집을 절 삼아 수행했다.
훗날 양보는 사람들에게
'부처는 집안에 있다佛在家中'이란 말을 남겼다.
뿐만 아니라 그는 그의 아내와 자식까지도
그가 진정으로 섬겨야 할 부처라는 것을 깨달았다.

복전은 어머니뿐만 아니다. 아내도 복전이고 자식도 복전이다. 무엇을 기대하지 않고 복(행운)이 꽃처럼 뭉게뭉게 피어나라고 줄 뿐이다. 아내에게 살림을 잘하라고 생활비를 주는 것과 부처님에게 용돈 드리는 마음으로 주는 것의 차이는 하늘과 땅 차이다. 자식에게 공부 잘하라고 용돈 주는 것과 복전으로 알고 주는 것의 차이도 마찬가지다.

가족의 울타리를 넘어 이웃에게까지 동체대비의 심정으로 다가선다면 더 큰 복전을 발견할 것이다. 나에게 법명을 주신 은사 법정스님의 말씀이 떠오른다.

"내가 지금 가지고 있는 것은 내 것이 아님을 알아야 한다. 내가 평소 이웃에게 나눈 친절과 따뜻한 마음씨로 쌓아올린 덕행만이 시간과 장소의 벽을 넘어 오래도록 나를 이룰 것이다. 따라서 이웃에게 베푼 것만이 진정으로 내 것이 될 수 있다."

'부처는 집안에 있다'는 의미가 '진정한 복전은 어디인가'로 흘렀지만 그렇게 빗나간 얘기는 아니라고 본다. 인과因果의 씨줄과 날줄로 서로 얽혀 있기 때문이다.

법당에서 만난
부처님의 두 제자

　중국 감숙성에 가면 사막의 오아시스 도시인 돈황이 있다. 현지 발음으로는 둔황이라고 하는데, 우리나라 고구려와 전쟁했던 중국 수나라 이전부터 형성된, 실크로드 관문으로써 구법승들과 장사를 하는 대상隊商들이 휴식을 취하며 오가는 도시였다. 신라 혜초스님도 인도에서 돌아올 때는 돈황을 거쳤다.

　우리 식탁에 오르는 후추도 인도에서 돈황을 거쳐 들어온 조미료다. 원래 이름은 호국에서 온 것이라 하여 호초胡椒다. 또 장기판의 장기도 인도에서는 상희象戱라 하였는데. 돈황으로 들어와 중국식 전쟁놀이로 바뀌어 우리나라에 들어온 것이다. 뿐만 아니다. 수박도 마찬가지다. 수박도 서쪽에서 온 박이라 하여 서박이라 불렸다. 접시꽃도 실크로드를 타고 우리나라에 들어온 꽃이다.

　특히 불교가 돈황을 거쳐서 중국이나 우리나라에 들어온 사실은 이미 다 밝혀진 사실이다. 돈황 서북쪽 절벽에 형성된 석굴사원인 막고굴이 그 사실을 증명하고 있다. 최근까지 석굴 사원이 4백여 군데 이상 발견된 막고굴에는 북위시대부터 청나라 때까지의 불교미술이 벽화나 불상 등으로 장엄하고 완벽하게 남아 순례자들을 불러들이고 있다. 혜초스님의 〈왕오천축국전〉도 막고굴 17굴인 일명 장경동에서 발견되어 학자들을 크게 놀라게 한 바 있다.

나는 막고굴을 두 번이나 다녀와 〈돈황 가는 길〉이란 책을 발간한 적이 있는데, 늘 잊히지 않는 것은 당나라 때에 조성된 45굴의 불상들이다. 그 불상들 중에서도 가섭존자와 아난존자의 상像이다. 45굴이 유명해진 까닭은 막고굴의 불상들 중에서 가장 아름답다고 평가받는 보살상이 있기 때문인데, 나는 그보다는 부처님 2대 제자인 가섭존자와 아난존자의 상에 마음이 끌려왔던 것이다.

결론부터 말하자면 지금 내가 살고 있는 산방 아래 쌍봉사 대웅전에 봉안된 가섭존자와 아난존자의 상과 너무도 흡사하기 때문이다. 쌍봉사 대웅전의 부처님 2대 제자상은 조선 숙종 때의 작품이니까 막고굴의 45굴과는 무려 1천 년 이상이나 차이가 나는데 어찌하여 모습이 쌍둥이처럼 같은지 기적 같을 뿐이다. 특히 아난존자의 원만한 상호나 가섭존자의 턱에 점점이 난 수염이 똑같다. 턱에 수염을 그린 까닭은 수염 깎을 시간도 없이 정진만 했다는 상징일 터이다.

아난존자나 가섭존자의 상을 그린 화첩이 전해지지 않았으면 불가능하리라 생각된다. 나는 사람들이 찾아와 설명을 부탁하면 앞서 얘

서른부터 다가온 반야심경의 행복

기한 사실을 빠트리지 않는다. 직접 돈황을 가서 사진도 찍어오고 했기 때문에 증명이 가능한 것이다. 부처님 2대 제자와 나와의 인연을 얘기하다 보니 서론이 길어졌지만 다 알다시피 아난존자는 부처님의 말씀을, 가섭존자는 부처님의 마음을 전한 분들이다. 두 분 제자가 있었기 때문에 부처님의 말씀인 교教가, 부처님의 마음인 선禪이 중국을 거쳐 우리나라에 전해졌다고 봐야 옳다.

부처님 말씀을 전한 아난존자는 부처님의 사촌 동생이다. 부처님이 성도한 후 카필라성의 석가 족을 방문했을 때, 부처님을 흠모한 나머지 출가하여 부처님이 열반에 들 때까지 25년 동안 충직하게 시봉했으며 부처님 말씀을 가장 많이 들었다고 하여 사람들이 부처님 10대 제자 중에서 다문제일多聞第一이라고 찬탄했다.

또한 아난존자는 카필라성 왕족답게 미남으로 잘생긴 데다 마음씨가 친절하고 언행도 부드러워 많은 여인들이 따랐다. 어느 날 아난존자가 사위성으로 탁발하러 나갔다가 돌아오는 길이었다. 아난존자는 마탕가 족이 살고 있는 마을을 지나쳤다. 마탕가 족은 사성계급 중에서 가장 낮은 수드라보다 더 천한 사람들이었다. 마침 아난존자는 우물 옆을 지나다가 마탕가 족의 처녀가 물을 긷는 것을 보고는 말했다.

"여인이여, 목이 마르니 물을 좀 떠줄 수 없습니까?"

처녀가 깜짝 놀랐다.

"저는 천한 여자이기 때문에 스님께 물을 떠 드릴 수 없습니다."

처녀의 이름은 푸라쿠리티였다.

"여인이여, 부처님 제자들은 신분을 차별하지 않습니다. 그러니 물을 떠 주시오."

아난존자는 처녀에게 물을 얻어 마시고 난 뒤 고맙다는 표시로 고개를 숙이고 합장했다. 처녀는 집으로 돌아와 아난존자의 자애로운 태도와 잘생긴 얼굴을 잊지 못했다. 처녀는 밤낮으로 아난존자만 생각하다가 급기야 결혼하고 싶다는 마음을 냈다.

처녀는 날마다 아난존자가 탁발하러 오는 길목을 지켰다. 그러던 어느 날 아난존자가 보이자 달려가 사람들에게 소리쳤다.

"저 분은 내 남편이 될 사람입니다."

아난존자는 기원정사로 돌아와 부처님에게 그 사실을 보고했다. 그러자 부처님이 다른 스님을 시켜 마탕가 족의 그 처녀를 기원정사로 데리고 오게 했다. 처녀가 기원정사로 오자, 부처님이 물었다.

"푸라쿠리티여, 아난과 결혼하고 싶은 것이 사실인가?"

"부처님이시여, 결혼하고 싶습니다."

"방법이 하나 있다. 아난과 함께 있고 싶다면 출가하는 것이 어떻겠느냐?"

처녀는 아난존자와 결혼하지는 못하더라도 함께 있는 것만도 행운이라고 생각하여 출가했다. 부처님 제자가 되어 긴 머리를 자르고 황색의 가사를 입었다. 어느 날 부처님이 푸라쿠리티에게 말했다.

"아난을 사랑한다고 했지. 아난의 어디가 그렇게 좋더냐?"

아난존자는 부처님의 말씀을,
가섭존자는 부처님의 마음을 전한 분들이다.
두 분 제자가 있었기 때문에 부처님의 말씀인
교教가, 부처님의 마음인 선禪이 중국을 거쳐
우리나라에 전해졌다고 봐야 옳다.

"부처님이시여, 저는 아난존자의 눈, 코, 귀, 입, 목소리와 태도 등 아난존자의 모든 것을 다 사랑합니다."

부처님이 잠시 그녀를 자비롭게 바라보더니 말했다.

"눈에는 눈곱이, 코에는 콧물이, 귀 속에는 귀지가, 몸 안에는 똥과 오줌 등 더러운 것으로 가득 차 있다. 푸라쿠리티야, 그래도 아난의 그것들이 사랑스러우냐?"

부처님의 설법을 듣고 난 푸라쿠리티는 육신이 무상하고 더럽다는 것을 깨닫고는 그것들에 매달렸던 자신을 몹시 부끄럽게 여겼다. 푸라쿠리티는 부처님 앞에서 눈물을 흘리며 참회했다. 그러고 나서 무상하고 더러운 몸을 생각하면서 부지런히 수행하여 마침내 아라한이 되었다.

아난존자는 부처님이 열반에 들 때 끝까지 자리를 지켰고 가장 슬프게 울었던 제자였다. 열반을 앞둔 부처님이 슬피 우는 아난존자를 오히려 위로할 정도였다.

"아난아, 슬퍼하지 마라. 예전에 내가 설하지 않았더냐. '사랑하는 사람, 친한 사람과도 반드시 헤어지지 않으면 안 된다. 살아 있는 자는 모두가 멸하지 않음이 없다'고. 아난아, 너는 오랫동안 자애로운 말과 행동, 그리고 진실한 마음으로 나를 시봉했다. 너는 누구보다 더 공덕을 쌓았다. 더 정진하거라. 그리하면 머잖아 틀림없이 아라한의 경지에 도달할 수 있을 것이니라."

아난존자는 부처님 말씀대로 부처님이 열반한 뒤 칠엽굴 앞 절벽

위에서 일주일 동안 밤낮으로 정진하여 아라한이 되었다. 그리하여 오백 대중들의 좌장인 가섭존자 앞에서 부처님 말씀을 낱낱이 기억하며 기록으로 남겼던 것이다.

아난존자가 정이 많은 제자였다면 가섭존자는 사리가 분명한 이성적인 제자였다. 출가 후 입적할 때까지 용맹정진으로 일관한 제자였기 때문에 사람들은 가섭존자를 두타제일의 제자라고 칭송했다. 출신도 최상의 계급인 바라문이었다. 부모의 강권으로 결혼했지만 청정함을 좇아 12년 동안 밤에 부부생활을 하지 않았다. 부부가 서로 독신 수행자를 갈망했으므로 마침내 출가하기 위해 각자 다른 길로 떠났다가, 가섭존자는 왕사성 근처의 니그로다 나무 아래서 좌선하고 있던 부처님을 만나 제자가 되었다.

이후 가섭존자는 하루도 쉬지 않고 두타수행을 하여 부처님보다 나이가 어린 데도 얼굴에 많은 주름이 생겼다. 그는 부처님이 주신 분소의, 즉 누더기가사를 걸치고 다녔다. 부처님과 가사를 바꿔 입은 사연은 이랬다.

왕사성에서 탁발을 마치고 죽림정사로 돌아가는 길에 잠시 쉬려고 할 때였다. 가섭존자가 자신의 가사를 네 겹으로 접어 부처님이 앉을 자리를 마련했다. 그때 부처님이 가섭존자의 옷이 부드럽다고 칭찬했다. 그러자 가섭존자가 말했다.

"그러시다면 부처님이시여, 저의 가사를 받아주십시오."

부처님이 허락했다. 자신의 낡은 분소의를 가섭존자에게 주고, 그

대신 가섭존자의 가사를 받았다. 어디를 가든 가섭존자는 부처님이 주신 해진 가사만 걸치고 다녔다. 왕사성 죽림정사에서 사위성 기원정사로 갔을 때도 가섭존자는 그 낡은 가사만 걸치고서 부처님 앞에 앉아 설법을 들었다. 하루는 부처님 앞에 있는 가섭존자를 향해 수행자들이 수군거렸다.

"누더기를 걸친 저 자는 누군가? 부처님 앞에서 더러운 가사를 걸치고 있다니."

부처님의 귀에까지 그 소리가 들렸다. 그러자 부처님이 가섭존자를 불렀다.

"가섭아, 내 자리를 반으로 줄 터이니 여기에 앉아라."

가섭존자가 옆에 앉자, 부처님이 다시 말했다.

"가섭아, 너는 언제 출가했느냐?"

"세존께서는 저의 스승이십니다. 저는 세존의 제자입니다."

"그렇다, 나는 너의 스승이고, 너는 나의 제자이다. 그러니 너는 여기에 함께 앉을 수 있는 것이다."

수행자들이 모두 놀랐다. 그러자 부처님이 수행자들에게 설했다. 가섭을 옆에 앉힌 것은 가섭이 부처님과 같은 경지에 도달했기 때문이라며 수행자들에게 가섭처럼 간절하게 용맹정진할 것을 당부했던 것이다.

어느 날인가는 부처님이 가섭존자의 건강을 염려하여 그만 정진하라고 말하자, 가섭존자가 '자신이 정진하는 것은 말세의 후배들에게 모범을 보이고자 그런 것'이라고 말하여 부처님이 '그렇다면 네 마음 대로 하라'고 허락한 적도 있었다. 가섭존자의 그런 마음과 태도를 사실적으로 드러내고자 이마 주름살과 턱 수염을 점점이 수염을 그리지 않았을까 싶다.

법신法身인 부처님을 잘 받들어 '살아있는 자는 멸하지 않음이 없다, 시봉한 공덕이 크므로 머잖아 아라한이 될 것이다'라고 위로와 격려를 받은 아난존자, 그리고 한결 같은 용맹 정진으로 부처님의 분소의를 물려받은 가섭존자의 상을 볼 때마다 우리 자신도 어떤 불제자가 되어야 하는지 새삼 신심이 솟구친다. 부처님의 두 제자가 남긴 두 갈래 전등傳燈의 불빛 아래서 참된 정진의 길이 무엇인지를 깊이 생각해 보지 않을 수 없는 것이다.

108배란
무엇인가?

절寺은 절하는 곳이다. 법당에 들어선 불자에게 가장 기본적인 절은 무엇일까? 아마도 불법승佛法僧 삼보三寶에 '지극한 마음으로 목숨 바쳐 귀의하겠다.'는 3배일 것이다. 그래서 절을 다르게 풀이하여 신심의 행위라고도 하고, 솟구치는 발심의 맹세라고도 한다.

뿐만 아니다. 절이란 자신의 머리를 불보살의 발밑에 대어 자신을 한없이 낮추는 하심下心을 닦으면서 나와 남이 하나가 되는 도리를 체득케 하고, 과거와 현재 그리고 미래의 허물과 죄를 끝없이 참회하여 마침내는 깨달음의 부처님 자리로 돌아가고야 마는 참회의 정진이기도 하다.

절은 절하는 횟수에 따라 3배, 9배, 53배, 108배, 3000배, 1백만배 등등으로 불리기도 하는데, 3배는 삼보에 귀의하겠다는 것이고, 9배는 3배의 귀의에다 신구의身口意로 짓는 삼업三業과 탐진치貪嗔痴 삼

서른부터 다가온 반야심경의 행복

독三毒을 맑히겠다는 것이고, 53배는 참회를 주관하는 53불佛에 대한 경배이고, 108배는 절할 때마다 참회하여 사람이 짓는 온갖 업으로 인한 108번뇌의 소멸에 의미를 두고 있다.

이와 같은 절들 가운데 불문佛門에 입문한 재가불자들이 가장 많이 하는 절이란 아마도 108배일 것이다. 물론 일정한 기간이나 불가의 특별한 날에만 하는 재가불자와 달리 평생 동안 108배를 해온 중견 스님이나 고승들도 많다. 해인사에서 입적하신 성철 큰스님이 단연 그 대표적인 고승이다.

성철스님은 한 젊은 스님이 "큰스님께서는 무슨 큰 죄를 지셨기에 평생 동안 108참회를 합니까?" 하고 궁금하게 여기며 묻자 "전생과 금생의 업장을 없애기 위해 한다."고 대답한 적이 있으며, "속인은 자기가 지은 죄를 참회하지만 중은 남이 지은 죄를 대신해서 참회하는 사람이다. 사람만이 아니라 미물까지도 일체 중생을 대신해서 모든 죄를 참회하는 사람이 중이다."라는 말씀을 하여 큰방에 모인 상좌들을 숙연케 했다고 한다.

부처님 앞에서 108배를 하는 동안 참회하는 것을 예참禮懺이라고 하니 예참문은 발원문과 동의어라고 할 수 있다. 성철스님이 계셨던 해인사 백련암의 108예참문은 '지심귀명례 보광불, 지심귀명례 보명불……'이라는 방식으로 90분의 부처님께 귀의한다는 것이 주된 내용이고, 그밖의 대부분 절에서의 108배 발원문은 '무슨, 무슨 죄를 참회합니다.'라고 구구절절하게 참회하는 내용으로 되어 있다. 물론 참회 발원문의 내용과 순서는 절이나 스님의 가풍에 따라 각양각색이다. 아무튼 어느 절의 108배 발원문이든 자신이 지은 허물과 죄를 자발적으로 뉘우치는 참회의지가 주된 것임은 두말할 나위가 없다. 인생이란 고해苦海를 건너면서 중생은 누구나 울고 웃으며 알게 모르게 아상我相에 갇혀 허물을 짓고, 사랑해야 할 가족은 물론 위로해야 할 남에게 상처를 주고, 헛된 꿈과 명예에 집착하여 살게 마련이어서 생사윤회는 끝이 없고, 전생의 업도 무거운데 금생의 업도 녹록치 않으며 내생의 업 또한 구름이 해를 가리듯 불성佛性의 자리를 오리무중으로 만들고 있는 것이다.

이처럼 생멸生滅의 얽매임 안에서 끝없이 윤회케 하는 업장을 씻어내어 불성의 자리를 환하게 드러낼 방법은 없는가. 육조 혜능스님은 업장소멸의 열쇠로서 〈육조단경〉 '참회품'에서 진정한 참회가 무엇인지를 명명백백하게 설하고 있다.

'선지식이여, 이것이 '위없는 참회無上懺悔'이니라.

참懺이란 무엇인가?

참이란 지나간 허물을 뉘우침이니, 지금까지 지은 모든 죄를 뉘우쳐서 영원히 다시 일어나지 않도록 하는 것이다.

회懷란 무엇인가?

회란 이후에 짓기 쉬운 허물을 조심하여 다음부터 있을 모든 죄를 미리 깨닫고 영원히 끊어서 다시는 짓지 않도록 하는 것이니, 이것을 합하여 참회라고 부르니라.

서른부터 다가온 반야심경의 행복

범부들은 어리석어서 지나간 허물을 뉘우칠 줄 모르고 앞으로 있을 허물을 조심할 줄 모르므로, 지나간 죄도 없어지지 않고 새로운 죄가 잇달아 일어나니 이러고야 어찌 참회라 할 수 있으랴.'

혜능스님의 말씀대로 108배를 하면서 참회의 발원문을 외는 것은 자신이 지은 업장을 소멸하는 정진이요, 청정한 자성自性의 자리를 밝히는 공덕이 아닐 수 없으리라. 중생의 마음 물이 청정해지면 보살의 달 그림자가 나타난다衆生心水淨 菩薩月影顯는 말이 있듯이 자신이 지은 업을 거듭거듭 비워내다 보면 마음자리에 숨은 잠재능력이 발휘되고 능히 불보살의 가피도 입을 수 있게 되기 때문이다. 절을 계속하여 불보살의 큰 가피, 즉 인간 중심으로 얘기하자면 무한한 잠재능력을 경험했다는 일화는 허다하게 많다. 불보살의 가피를 경험한 목포의 한 보살에게 직접 들은 얘기다. 중증의 관절염으로 두 다리를 움직일 수 없어 전국의 병원을 전전하며 절망하다가 마지막으로 참회의 절을 수없이 하여 가뿐하게 걸을 수 있게 되었다 하고, 강릉 출신의 어느 노비구니스님은 젊은 시절에 복막결핵을 오랫동안 앓다가 혼신의 힘으로 절을 지속한 끝에 완치하였다는 얘기를 승속에 전하고 있는 것이다.

일타 큰스님의 맏상좌인 혜인스님은 매일 108배를 하고 있는데, 해인사 장경각에서 1백만배를 회향한 스님의 체험담도 귀담아 들을 만했다. 1백만배를 처음 시작하려고 할 때 성철스님이 '마음 단단히 먹고 하라. 절하다 죽은 놈 없고, 설령 죽어도 지옥은 안 간다. 죽을 각오로 하라.'고 격려하였다고 한다. 혜인스님을 단양 광덕사로 찾아가 들었던 얘기다.

"저는 지금 하는 108배가 예전에 했던 1백만배보다 더 소중합니다. 백만 번의 숫자에 놀아나서는 안 됩니다. 저는 1백만 번의 절을 했기 때문에 진짜 1배의 절을 찾아 낸 것입니다. 그러니까 1백만 번의 절보다 참회가 간절한 단 한 번의 절이 더 중요하다는 것입니다. 아무튼 1백만배를 회향하고 나니 말재주가 아주 없던 저에게 변화가 왔습니다. 소문이 나자 장경각으로 신도들이 찾아와 법문을 해달라고 했는데, 그때 말문이 툭 트였어요. 불보살님에게 이른바 설통說通의 가피를 받은 것이지요."

혜인스님은 절을 하여 법문하는 재주, 즉 설통의 가피를 받았던 것이다. 법사가 된 혜인스님의 얘기는 목숨을 바쳐 우러나온 지혜이기에 더욱 절절했다.

"나를 낮추면서 상대의 행복을 빌면서 하는 것이 절입니다. 우리 육체 중에서 값으로 따져 가장 가치 있고 중요한 부분이 머리입니다. 머리는 보물창고지요. 이 머리의 상단이 이마입니다. 이 소중한 이마를 사람들이 밟고 다니는 마룻바닥이나 땅에 대는 것이 절입니다.

절의 자세를 이렇게 하라고 정해진 것은 없습니다. 부처님과 보살을 바로 볼 줄 아는 마음이 싹터야 바른 자세가 나옵니다. 보살은 자비의 상징이고 덕화의 상징입니다. 우리에게 이익을 주고 도움을 주는 것이면 무엇이든 보살인 것입니다. 문수와 보현만 보살이 아니고 지금 여기 놓인 책상과 책도 보살이고, 물을 끓이는 전기주전자도 보살이고, 눈을 즐겁게 하는 텔레비전도 보살입니다. 이와 같이 우리에게 고마움을 주고 도움을 주는 것이 보살이니 참회하는 사람은 감사할 줄 알아야 합니다. 그것이 참회의 근본이고, 참회의 마지막 순간까지 가본 사람만이 진짜 절을 할 수 있는 것입니다."

스님은 이제 예전에 하던 참회의 발원에서 자신에게 가피를 주는 동서남북과 중방의 부처님 즉 동방 만월세계 약사유리광여래불, 서방 극락세계 아미타불, 남방 환희세계 보승여래불, 북방 무우세계 부동존불, 중방 화장세계 비로자나불, 그리고 다음에는 자신을 향해 자성진불自性眞佛에게 감사의 발원을 하며 108배를 한다고 전해주었는데, 지금도 그 말씀이 잊히지 않고 가슴을 적신다.

종교적인 108배의 의미를 떠나서 누구라도 전신운동 삼아 108배를 꾸준히 하면 심신이 더욱 건강해지고, 고난을 극복하는 인욕과 무엇에 집중하는 삼매의 능력이 배가되는 것이 사실인바 절하는 방법은 아주 쉽고 간단하다. 작심作心을 하면 누구라도 굳이 절을 찾아가지 않더라도 다음과 같은 방법으로 1평의 좁은 공간 안에서도 가능하다.

1. 합장하기

마음을 하나로 집중하여 존경과 감사를 표시하는 것이 합장의 의미이므로 바로 선 자세에서 가지런히 모은 두 손바닥 밑이 명치 위에 있게 하고, 손가락 끝은 코끝을 향하도록 한다. 이때 발뒤꿈치는 가볍게 붙이고 양쪽 발 역시 얌전하게 모아야 한다. 손바닥은 힘을 주어는 안 되고 시비와 분별을 떠난 마음으로 합장한 손이 부드럽게 신체 중앙과 일직선이 돼야 한다. 방석이 있을 경우에는 발로 방석을 밟지 않고 엎드렸을 때 무릎과 이마만 닿도록 하는 것이 좋다.

2. 꿇어앉아 엎드리기

합장하고 허리를 바로 곧추세운 자세에서 두 다리를 함께 수직으로 꿇어앉으면서 기마자세를 취한다. 이때 무릎과 무릎 사이는 주먹 두 개 정도의 너비가 좋다. 이어서 머리가 들어갈 정도의 공간을 염두에 두고 두 손을 바닥에 댄다. 몸과 두 손은 안정되게 세모꼴을 이루는 것이 좋다.

스님의 경우에는 왼손을 가슴 앞을 눌러 가사가 흘러내리지 않게 하고 오른손을 바닥에 댄 다음 왼손을 바닥에 대되 손끝은 15도 정도 안으로 오므려 짚는다. 그런데 가사를 착용하지 않은 재가불자들은 옷이 흘러내릴 염려가 없으므로 동시에 두 손을 바닥에 대어도 된다.

3. 오체투지하기

이마를 바닥에 살며시 닿게 하면서 왼쪽 발등으로 오른쪽 발바닥을 누르고 엉덩이가 발뒤꿈치에 붙게 한다. 척추를 바르게 해주는 이

서른부터 다가온 반야심경의 행복

저는 지금 하는 108배가
예전에 했던 1백만배보다 더 소중합니다.
백만 번의 숫자에 놀아나서는 안 됩니다.
저는 1백만 번의 절을 했기 때문에
진짜 1배의 절을 찾아 낸 것입니다.

동작은 동시에 이루어져야만 호흡이 자연스럽고, 왼쪽 발등으로 오른쪽 발바닥을 누르는 것은 움직임(動)을 뜻하는 오른발을, 고요함(靜)을 뜻하는 왼발로써 눌러 근본으로 돌아가게 한다는 뜻이 담겨 있다. 양쪽 팔꿈치는 무릎 바로 옆에 놓이게 되고 배와 가슴은 대퇴부에 밀착되어 몸은 바닥에 완전히 낮추어 지게 된다. 이런 낮은 자세의 절을 가리켜 즉 이마, 양쪽 팔꿈치, 양쪽 무릎 등 다섯 곳이 바닥에 닿았다고 해서 오체투지五體投地라고 부르기도 한다.

4. 접족례하기

오체투지 자세에서 바닥에 닿은 손을 뒤집어 귀 밑까지 들어 올려야 한다. 이러한 예禮가 바로, 낮게 엎드려 절하면서 부처님의 발을 받드는 접족례接足禮이다. 부처님의 발을 두 손 위에 받들고 자신의 머리를 부처님의 발에 댄다는 상징적인 동작은 두말할 것도 없이 거룩한 부처님을 존경한다는 마음의 표현이므로 이때의 손은 공손하게 완전히 펴야 한다.

5. 일어나 바로 서기

접족례 한 다음 일어날 때는 엎드린 때와 역순으로 동작하면 된다. 귀 옆까지 올렸던 손을 뒤집어 바닥에 대고 상체를 일으키면서 두 발을 세우고, 합장하면서 곧게 일어서면 된다.

이와 같은 동작을 108번 반복하면 108배가 되는데, 이를 날마다 지속적으로 하다 보면 전신의 혈穴을 자극하게 되어 감각기관과 오장육부의 단련은 물론이고, 어느 날 문득 절하는 몸과 마음이 분리되지 않고 고요히 하나로 돌아가서 의식이 투명하게 깨어나는 삼매의 기쁨을 체험하게 되는 것이다.

진정한
도반

　인도를 여러 번 갔지만 또 가고 싶다. 실제로 1월 말에 부처님 4대 성지와 아소까대왕 유적지를 순례하기로 지인들과 약속해 놓은 상태다. 맨 처음 부처님 성지를 순례할 때는 감동에 휩싸여 부처님 유적을 살피는 데만 급급했지만, 나중에는 부처님의 십대 제자들의 흔적까지 만날 수 있어 신심이 몹시 격동됐다. 특히 초기교단의 중심적인 인물이었던 사리불과 목련존자의 고향을 지나칠 때는 코끝이 찡했다.

　죽림정사가 자리한 라즈기르에서 그리 멀지 않은 나란다대학 터에는 지금도 사리불의 탑이 남아 있었다. 지금의 라즈기르는 빔비사라왕이 통치하던 마가다국일 때는 라자가하 즉 왕사성으로 불렸다. 참고로 부처님보다 다섯 살 아래인 빔비사라왕은 부처님을 존경하여 설법을 들으러 친히 영취산을 오르내렸던 인물이다.

부처님이 정각을 이룬 뒤에 제자들을 데리고 왕사성으로 간 이유는 범비사라왕과의 약속 때문이었다. 사문 시절에 왕사성의 어느 산자락 동굴에서 범비사라왕을 만났을 때, 왕이 왕사성에 머물러 주기를 간청했지만 부처님께서는 거절하면서 성도한 뒤 반드시 돌아와 왕을 위해 설법해주기로 약속했던 것이다.

왕사성은 사리불이 태어난 고향이자 부처님을 만난 곳이기도 했다. 사리불의 탑이 왕사성 나란다대학 터에 세워진 것은 사리불이 그곳 마을에서 입적했기 때문일 것이다. 〈반야심경〉에서 부처님의 설법을 듣는 사리자舍利子가 바로 사리불이다. 인도 말로는 사리푸트라이다. 사리불은 부처님 십대 제자 중에서 지혜제일智慧第一이었다고 한다.

내가 사리불과 목련존자에게 감동한 까닭은 두 사람의 절절한 우정이 부러워서였다. 무엇이 진정한 도반道伴인지를 보여주었던 것이다. 어린 시절 이웃마을에서 살던 그들은 출가도 함께 하여 부처님의 수승한 제자가 됐고, 입적도 부처님의 허락을 받은 뒤 같이 했다. 생사를 함께 할 정도는 돼야 진정한 도반이라 할 수 있지 않을까 싶다. 부처님은 현명한 도반이 아니라면 차라리 무소의 뿔처럼 홀로 가고 했다.

사리불은 왕사성에서 멀지 않은 나란다마을에서 부유한 바라문의 큰 아들로 태어났다. 어린 시절의 이름은 우파티샤였으나 어머니 이름인 사리를 따서 사리불舍利弗로 불렸다. 사리불은 여덟 형제 중에서 가장 총명했다. 인도 고대 성전인 네 가지 베다를 모두 익혔고, 예술적 재능도 빼어났다.

그런데 사리불이 살던 이웃마을인 코리카마을에 코리타 소년이 있었는데, 그도 역시 여러 학문에 통달하여 사리불만큼이나 어른들의 칭찬을 받았다. 훗날 코리타는 부처님의 십대제자 중에서 신통제일神通第一 목련이라고 불렸다.

어린 사리불과 목련은 친구로 지냈다. 어느 날, 두 사람은 왕사성 근교의 산에서 지내는 바라문교의 산정제山頂祭를 구경했다. 사람들은 밤새 노래하고 광란의 춤을 추었다. 사람들은 악사들이 연주하는 음악에 따라 춤추고 노래를 불렀다. 어떤 사람은 춤과 노래에 취해서 정신을 놓아버리기도 했다. 어린 사리불과 목련도 처음에는 사람들과 함께 어울렸으나 나중에는 시들해져 고개를 저었다.

광란에 가까운 산정제는 밤낮으로 계속되었다. 제사가 절정에 달하자 모든 사람들이 미친 듯 날뛰며 춤을 추었다. 사리불은 혼자 중얼거렸다.

'지금 미친 듯 날뛰며 춤추고 있는 저 사람들이 백년 후에도 과연 살아남아 저럴 수 있을까?'

사람들이 당장 죽을지도 모르고 등불 속으로 날아드는 불나방처럼 보였다. 백 년 후에는 아무도 살아남아 있지 않을 텐데, 사람들은 백년을 살 것처럼 미친 듯 광란의 춤을 추고 괴성을 지르고 있었다.

어린 목련도 친구인 사리불처럼 같은 생각을 했다. 정신없이 춤추고 노래하는 사람들을 보면서 무상함을 느꼈다.

'춤추고 노래하는 것이 아무리 즐겁더라도 지금 이 순간뿐이 아닌가. 저것은 무상할 뿐 영원한 행복이 아니다. 변함없는 진리를 깨닫기 위해서는 출가하여 수행하는 것밖에는 없지 않을까.'

두 사람은 출가하기로 맹세하고 헤어졌다. 사리불은 집으로 돌아와 부모에게 자신의 결심을 말했다. 그러나 부모는 단번에 거절했다.

"너는 우리 바라문 가문을 이어갈 장남이다. 조상에게 제사를 지내야 할 책임도 있다. 그러니 너는 출가를 해서는 안 된다."

그래도 사리불은 자신의 의지를 굽히지 않았다. 방문을 잠그고 단식을 하면서 호소했다. 칠일 동안 아무 것도 먹지 않고 간청하자 부모는 출가를 허락하고 말았다. 이웃 마을에 살던 목련도 사리불처럼 부모를 설득하여 출가했다.

두 사람은 왕사성에서 가장 유명한 스승인 산자야 문하로 들어가 수행했다. 그런데 두 사람은 칠일 만에 산자야가 가르치는 경지에 도달했다. 산자야의 오백 명 제자들 중에서 절반 정도나 두 사람을 흠모하는 무리가 생길 정도로 산자야에게 더 배울 것이 없어져버렸다. 이윽고 두 사람은 '완전한 마음의 평안'을 얻기 위해 더 뛰어난 스승을 찾아 나섰다.

결국 사리불은 부처님의 첫 제자들인 다섯 비구 가운데 한 사람인 앗사지馬勝를 만났다. 앗사지는 전법하라는 부처님의 지시를 받고 왕사성으로 먼저 들어와 있었던 것이다. 사리불은 탁발하는 앗사지의 모습이 매우 위의가 있어 보였으므로 그에게 말을 걸었다.

"수행자여, 당신의 스승은 어떤 분이십니까?"

"부처님이시지요."

"부처님은 무엇을 가르치십니까?"

"부처님의 많은 가르침 중에서 나의 눈을 뜨게 해주었던 가르침은 이와 같은 말씀이었소."

앗사지가 부처님의 가르침을 외웠다.

여래는 설하셨네.

모든 존재는 원인에서 생긴다고.

위대한 사문은 설하셨네.

모든 존재가 소멸하는 법을.

사리불은 앗사지에게 부처님의 가르침을 전해 듣고 나서 번갯불이 번쩍하는 것 같은 찰나에 연기緣起의 진리를 볼 수 있는 눈이 열렸다. 사리불은 곧 부처님을 친견하고 싶어 물었다.

"수행자여, 부처님은 지금 어디에 계십니까?"

"죽림정사에 계신다오."

사리불은 목련을 만나 앗사지에게 들었던 부처님의 가르침을 들려주었다. 그러자 목련도 눈이 열렸다. 진리를 볼 수 있는 법안法眼이 생겼던 것이다. 두 사람은 함께 부처님의 제자가 되기로 했다. 두 사

"우리는 함께 출가하여 세존의 제자가 되었군 그래.
모두가 깨달음을 얻었으니 이제 함께 죽어도 좋겠군.
벗이여, 세존께 허락을 받아오겠네."

람은 산자야에게 가서 그를 설득했으나 실패했다. 다만 산자야 제자 중에서 그들을 따르던 250명만 데리고 죽림정사로 가 부처님에게 귀의했다. 그때 이미 죽림정사에는 1천 명의 수행자들이 있었는데, 그들은 모두 부처님의 가르침을 듣고 귀의한 가섭 삼형제의 제자들이었다. 순식간에 부처님의 제자들은 1250명이 돼버렸고 큰 교단이 형성되었다.

사리불과 목련에 대한 부처님의 신뢰는 절대적이었다. 데바닷타를 따르는 여러 무리들이 박해를 가해왔을 때 잠시 흔들리는 교단을 지켜낸 이도 그들이었다. 그밖에도 왕사성에는 집장외도執杖外道가 있었는데, 그들 무리는 부처님의 교단을 음해하고 어떤 경우에는 폭력을 행사하기 일쑤였다.

어느 날 목련도 그들에게 붙잡히어 몽둥이로 맞았다. 뼈가 부러지고 살점이 떨어져나갔다. 사리불이 죽어가는 목련에게 달려가 말했다.

"벗이여, 그대는 신통을 부릴 줄 알면서도 왜 그 자리를 피하지 않았는가?"

"걱정하지 말게. 나는 전생에 부모를 괴롭힌 적이 있다네. 지금 그 과보를 받고 있을 뿐이라네."

전생의 과보를 받는다는 대답에 사리불은 할 말을 잃었다. 사리불은 목련이 없는 세상은 상상도 할 수 없었다. 목련이 있으므로 자신이 있었고, 목련이 없다면 자신도 없는 것이나 다름없었다. 사리불과 목련은 생사를 함께 하는 특별한 인연이었다. 사리불이 목련을 위로했다.

서른부터 다가온 반야심경의 행복

"우리는 함께 출가하여 세존의 제자가 되었군 그래. 모두가 깨달음을 얻었으니 이제 함께 죽어도 좋겠군. 벗이여, 세존께 허락을 받아오겠네."

사리불은 죽림정사로 돌아가 부처님의 허락을 받아냈다. 두 제자를 보낸다는 것이 안타까웠지만 지혜의 눈으로 보니 그들은 이미 세상의 인연이 끝나가고 있었던 것이다. 입적은 사리불이 먼저 맞이했다.

사리불은 고향 날란다마을로 돌아가 친지들에게 부처님의 가르침을 설하고 조용히 눈을 감았다. 목련 또한 사리불이 입적했다는 소식을 듣고 자신의 고향 코리카마을로 돌아가 고향 사람들에게 부처님의 가르침을 설한 뒤 눈을 감았다.

그들은 출가는 물론 입적까지도 부처님의 허락을 받았던 제자들이었다. 불교 교단이 형성된 이후 최초의 일이었다. 아난이 그들을 뛰어넘을 수 없는 것은 바로 그런 점이었다. 그렇다고 아난에게 제자로서 자부심이 없는 것은 아니었다. 어느 제자보다도 부처님의 가르침을 많이 들었고, 또한 기억하고 있었다. 그래서 아난은 부처님 십대 제자 중에서 '다문제일多聞第一'로 불렸던 것이다.

자신의 죽음까지도 스승에게 허락을 받았던 제자들, 너무도 서로를 사랑하기 때문에 죽음까지도 함께 했던 사리불과 목련의 우정. 부처님께서 수많은 제자들 가운데서 유독 사리불에게 〈반야심경〉을 설한 까닭은 부처님의 깊은 뜻이 있었을 것이다.

영원한 행복을 선택한
부처님 가족

부처님 가족 중에서 출가한 이는 여러 명이 있다. 그중에서 속가아내와 양모가 대표적이다. 두 여성도 왕족의 지위를 버리고 영원한 행복을 추구한 이들이다. 특히 부처님은 두 여성의 출가를 만류했다. 여성이 출가해서 수행하는 것이 당시 남존여비라는 바라문 사회의 분위기에서는 어려운 일이기 때문이었다. 그러나 두 여성은 출가해서 끝내 아라한이 되었다. 아라한이 되었다는 것은 탐진치 삼독을 여의고 공空 도리를 체득하여 '아제아제 바라아제 바라승아제 모지 사바하'라는 깨달음의 노래를 불렀다는 말과 다름 아닐 터.

부처님 속가부인이었던 야소다라 비구니

나는 장편소설 〈인연〉에서 일타스님 가족 41분이 모두 출가한 얘기를 다룬 적이 있다. 더 정확하게 말하자면 일타스님 외가의 머슴 부부까지 합하면 43분이 출가한 얘기다. 이는 불교사에 전무후무한 일이다. 부처님 가족도 모두 출가한 셈이지만 아쉽게도 부처님의 속가 아버지인 숫도다나 왕은 출가하지 못하고 눈을 감고 말았다.

오늘은 부처님의 가족 얘기를 하고 싶다. 왜 왕도王道의 길을 버리고 법도法道의 길을 걷는 출가수행자가 됐는지 되새기는 일도 의미가 있을 것 같다. 왕도는 부귀영화를 이루는 것이 꿈이지만 법도는 번뇌의 소멸(니르바나), 즉 마음의 온전한 평화를 누리는 것이 삶의 목적이다. 그런데 부귀영화는 타는 목마름과 같아서 만족이 있을 수 없지만 번뇌의 소멸은 무엇에도 집착하지 않으므로 마음에 영원한 행복을 가져다준다. 그래서 남김 없는 번뇌의 소멸을 열반 혹은 해탈이라고 부른다.

먼저, 부처님의 가족 중에서 속가아내였던 야소다라 비구니를 떠올릴 수 있다. 야소다라는 샤카족인 숫파붓다善覺 왕의 딸로 전해지고 있다. 또한 부처님을 괴롭혔던 데바닷타는 그녀의 남동생이었다고 한다.

부처님이 출가한 시기는 야소다라가 아들 라훌라를 낳은 뒤였다. 부처님은 마부 찬나를 앞세우고 카필라성을 떠났던 것이다. 마부가 태자의 보관과 옷을 가지고 돌아왔을 때 충격에 휩싸인 야소다라는 마부를 나무랐다.

"태자님이 성을 떠날 때 왜 나에게 미리 말해 주지 않았느냐. 태자님을 떠나게 하고 어찌 너 혼자만 돌아올 수 있단 말이냐!"

야소다라는 아들 라훌라를 데리고 혼자 살아야 할 앞날이 막막했다. 싯다르타 태자를 큰소리로 원망했다.

"나와 라훌라는 앞으로 어찌 살라고 출가합니까!"

이미 태자가 출가할 것이라고 눈치는 채고 있었지만 막상 현실이 눈앞에 닥치자 충격이 컸던 것이다. 숫파붓다 왕의 딸로서 자존심이 워낙 강하여 태자의 출가를 직접 만류하지 못하고 마음속으로만 전전긍긍하고 있었던 자신이 원망스럽기도 했다.

그러나 야소다라는 곧 마음을 진정했다. 아들 라훌라가 왕위를 물려받을 것이므로 잘 참고 견디자고 어금니를 물었다. 야소다라에게는 라훌라를 잘 키우며 사는 것이 한 가닥 위안과 희망이 될 수 있기 때문이었다. 시아버지인 숫도다나 왕에게 잘 보여 믿음을 살 필요도 있었다. 그래서 그녀는 왕족들이 보는 앞에서 마음을 완전히 바꾸었다. 태자에 대한 원망하는 마음을 보란 듯이 버렸다.

"앞으로 나 야소다라는 태자님이 성불할 때까지 침상에서 빈둥거리거나 오래 화장하거나 화려한 옷을 입거나 귀한 음식을 먹지 않으리라. 수행하는 태자님과 같이 옷이 해지면 꿰매 입고 맛없는 음식도 주는 대로 먹을 것이다."

야소다라는 자존심이 강한 만큼 자신과의 약속도 철저하게 지켰다. 카필라성 사람들은 그녀가 태자와 같이 고행한다고 말하기에 이르렀다. 이러한 기운은 네란자나강 부근에서 목숨을 내놓고 고행하는 사문 싯다르타에게도 전해졌을 것이다. 나는 이심전심으로 미묘하게 전해졌을 것으로 확신하는 사람이다. 그러니 사문 싯다르타가 깨달음을 이룬 것은 자신의 고행이 직접적 원인이라고 할 수 있는 인因이 되었고, 야소다라의 기도나 양모 마하파자파티 같은 부처님 가족들의 기도의 기운이 간접적 원인인 연緣이 되었던 결과라고 생각하는데, 나의 생각에 동조하는 사람들도 많다.

부처님은 35세에 정각을 이룬 뒤 6년 만인 41세에 카필라성을 방문했다. 신하를 보낸 숫도다나 왕의 요청도 있었지만 그보다는 카필라성 사람들에게 불법을 설해주기 위해서였다. 카필라성 사람들은 모두 거리로 나와 부처님의 방문을 환영했다. 숫도다나 왕은 부처님과 제자들을 위해 대중공양을 올렸고, 사람들은 성 안을 말끔하게 정비한 뒤 노래 부르고 춤을 추었다.

그런데 자존심이 발동한 야소다라는 밖으로 나오지 않고 자신의 침상을 지켰다. 시녀들이 이상하게 여기고 부처님을 만나보기를 권해도 요지부동이었다.

"나에게 조그만 복이라도 있다면 부처님이 직접 내 거처로 오실 것이다. 나는 부처님이 깨달음을 이룰 수 있도록 하루도 빠짐없이 기도를 해 왔으니까."

부처님은 야소다라의 소원대로 공양을 마치고 아난다만 데리고 야소다라의 방으로 들어왔다. 그제야 야소다라는 부처님의 발에 머리를 조아리며 예를 갖추었다. 뒤따라온 숫도다나 왕이 부처님에게 야소다라의 행실을 말해주었다.

"세존이시여, 야소다라는 당신이 수수한 황색의 옷을 입고 있으면 자신도 수수한 황색의 옷을 입었고, 당신이 하루 한 끼밖에 먹지 않으면 야소다라도 한 끼밖에 먹지 않았습니다. 세존이시여, 야소다라는 이와 같은 공덕을 지었습니다."

부처님은 야소다라의 전생을 알고 있기 때문에 당연하게 받아들였다.

"대왕이시여, 야소다라는 전생에도 금생에도 자신의 몸을 잘 지킨 공덕으로 반드시 선과善果를 받을 것입니다."

야소다라가 받을 선과란 출가를 뜻했다. 부처님은 야소다라가 자신의 전생과 금생의 공덕으로 때가 되면 출가하여 비구니가 될 것이라는 사실을 이미 천안으로 보고 있었던 것이다. 그러나 숫도다나 왕이 있는 자리에서는 오해를 사지 않기 위해 야소다라의 출가를 거론하지 않았다.

부처님 생각대로 야소다라는 숫도다나 왕이 죽은 뒤, 마하파자파티를 따라서 출가하여 머리를 깎았다. 그녀는 비구니가 되고 나서야 태양의 후예이자 데바다하성 숫파붓다 왕의 딸이라고 내세우는 자존심을 버렸다. 오히려 평등한 불성을 깨닫지 못하고 우쭐했던 자신을 부끄럽게 여기고 참회했다. 비구니가 된 야소다라가 진정으로 참회한 데에는 마하빠자빠띠의 충고도 영향이 컸다.

"샤카족의 자긍심을 잃지 말아야 합니다. 태자가 부처님이 됐듯 태자비는 제1일의 비구니가 돼야 합니다. 자존심을 버릴 수만 있다면 머잖아 깨달음을 얻어 누구나 다 존경하는 비구니가 될 것입니다."

부처님을 키웠던 양모 마하파자파티 비구니

숫도다나 왕의 부인 마야부인이 싯다르타 태자를 낳고 7일 만에 죽게 되자, 마야부인의 여동생 마하파자파티가 두 번째 왕비가 되었다는 것은 불자라면 다 아는 사실이다. 왕비가 되어 태자 난다를 낳았지만 싯다르타 태자를 친자식 못지않게 키운 자애로운 여성이었다. 그러했기에 싯다르타 태자가 출가했을 때 누구보다도 더 슬퍼했다.

그녀는 싯다르타가 수행하는 동안 손수 물레를 돌려 실을 뽑은 다음 가사를 한 벌 만들었다. 그러면서 태자가 나무 그늘에 자면서 전갈과 모기에 물리지 않는지, 몸살을 앓지는 않았는지 늘 걱정을 하면서 무사하기를 기도했다. 이러한 기도의 기운도 싯다르타 태자가 정각을 이루는 데 힘이 됐을 터이다.

부처님이 정각을 이룬 뒤 6년 만에 카필라성에 찾아왔을 때 마하파자파티는 자신이 손수 만든 옷을 부처님께 올렸다.

"세존이시여, 당신을 위해 손수 실을 뽑아 만든 옷입니다. 부디 받아주십시오."

부처님은 이미 입은 옷이 있었으므로 마하파자파티가 내미는 옷은 불필요했다. 그래서 숫도다나 왕에게 받도록 권유하자 왕이 만류했다.

"세존이시여, 내게 주지 마십시오. 차라리 승가에 보시한다면 나에게 주는 것이나 다름없습니다."

그녀의 출가를 부처님이 세 번이나 거절하자 결국 아난이 부처님을 설득했다. 마하파자파티는 숫도다나 왕이 죽은 뒤, 바로 출가하기를 원해 야소다라와 함께 부처님을 찾아갔던 것이다.

"세존이시여, 여성도 출가해서 세존께서 말씀한 계율에 따라 수행할 것을 허락해 주십시오. 여성의 출가를 받아주십시오."

그러나 부처님은 남성 위주의 사회 분위기나 도적이 많은 탓에 여성을 보호하려는 차원에서 거절했다. 그러나 마하파자파티는 체념하지 않고 부처님이 계시는 사위성 기원정사까지 찾아가 애원했다.

아난이 세 번이나 부처님을 설득하여 마하파자파티의 출가를 도왔다. 부처님이 허락하지 않자 아난은 여성의 불성에 대해서 물었다.

"만일 여성이 세존의 가르침에 따라서 수행하면 남성과 똑같이 깨달음의 지위에 오를 수 있습니까?"

"아난아, 남성과 여성의 불성에 차별이 있을 수 있겠느냐. 누구든지 깨달음의 지위에 오를 수 있느니라."

이에 아난은 마하파자파티가 태자를 위해 고생한 일까지 들먹이며 출가를 허락하도록 간청했다.

이로써 마하파자파티는 최초의 비구니가 되었고, 이미 고령이었지만 부단히 수행하여 다른 비구니들의 모범이 되었다. 비구니 승가를 성립케 한 마하파자파티는 부처님이 열반에 들기 3개월 전에 바이샬리성으로 가서 입적했다.

아라한이 되었다는 것은
탐진치 삼독을 여의고 공空 도리를 체득하여
'아제아제 바라아제 바라승아제 모지 사바하'라는
깨달음의 노래를 불렀다는 말과 다름 아닐 터.

마하파자파티는 친아들 난다와 라훌라마저 출가한 데다 남편인 숫도다나 왕까지 죽고 나자 의지할 데가 없어졌고, 자신의 젖을 먹이며 키웠던 부처님이 그리워 견딜 수 없게 되자, 출가를 결심했다고 한다. 그녀의 결심이 얼마나 확고했는지는 카필라성을 떠날 때 이미 머리를 잘랐고 사문이 입는 황색의 옷을 입었다고 한다.

서른부터 다가온 반야심경의 행복